U0024657

當代商神

4

一代梟雄

何常在——著

目錄 Contents

第一章

最好的時代
也是最壞的時代

即將到來的互聯網時代，是最好的時代，它提供了無數可能，締造了數不清的傳奇

但同時也是最壞的時代，因為它埋葬了許多人的夢想，

葬送了許多人的成功，提前為許多跟不上時代腳步的人敲響了喪鐘。

商深沒有等來范衛衛的答覆，悵然若失，正要關了ＩＣＱ時，杜子清突然冒出一句話。

「商深，我和葉十三正式分手了。雖然很難受，但長痛不如短痛，既然他對我沒有感情，我又何必揪著過去不放？都過去了，不經歷風雨怎麼見彩虹？不經歷痛苦怎麼能成熟？」

不管怎樣，杜子清放下葉十三對她對葉十三來說都是好事，商深很為她感到欣慰，雖然他還放不下范衛衛，但他還是努力平靜心情，回覆了杜子清：「子清，恭喜你終於戰勝自己。在感情世界裡，你一直覺得放不下對方，其實你放不下的是自己，總覺得自己付出了太多而得不到回報，但世界上的事往往就是如此，不是所有的付出都會有應有的回報。看開一些就好了，愛情其實就是一場相互成長相互虧欠的戰爭，戰爭沒有真正的輸贏，輸的一方固然傷痕累累。贏的一方，又何嘗不是傷心滿地?!」

「謝謝你商深，說得真好，我的心情舒暢了許多。你簡直就是心理問題專家，是女生之友。」杜子清迅速回覆了商深一個微笑的表情。

商深苦笑，剛才的一番話他明是說給杜子清，何嘗又不是說給自己聽的？只是開導別人容易，自己的心結難解，他勸杜子清放下，自己卻怎麼也放不下。

「對了商深，你和衛衛怎麼樣了？你回北京了嗎？如果你一直在北京，她一直在深圳的話，總不在一起也不太好。」

「我回北京了，衛衛出國了，我和她暫時分開了……」

商深不想再提他和范衛衛的事，有意岔開話題，「你在愛特信工作得怎麼樣？」

「還不錯，我對愛特信的未來充滿了信心，聽王總說，明年愛特信會改名，他說現在的名字不太好記，也不朗朗上口，網站需要一個好記並且容易上口的名字，比如說絡容就很好記，取網路容易的意思。對了，你覺得如果愛特信改名字的話，叫什麼好呢？王總在徵求大家的意見，我也想了幾個，都不太滿意。」

「你們網站有一個分類搜索做得很好，叫搜乎，在中國的傳統文化中，狐狸象徵著機敏、靈活和聰慧，這些特質也符合搜尋引擎的特點，我覺得搜索的狐狸這個名字不錯，簡稱就叫索狸，怎麼樣？」

商深半是玩笑半是認真，他對愛特信網站關注過，在國內有限的網站中，愛特信辦得還算不錯，有一定特色。

網站的創始人王陽朝從美國回國時，帶著第一筆風險投資，投資者包括麻省理工學院教授尼葛洛龐帝、愛德華・羅伯特，在一九九七年成立了愛特信網站。愛特信網站成立後，並沒有引起太多的關注，由於頁面不清晰，分類不明確，還處在初級的模仿階段。

不過商深很看好愛特信的前景，不僅僅是因為王陽朝海歸的背景，也因為就目前國內的各大網站的定位來看，愛特信起碼有一個基本清晰的發展方向，一直改版的愛特信已經初步有了門戶網站（編按：門戶網站Web portal，亦稱入口網站，指的是將不同來源的資訊以一種整齊的形式整理、儲存並呈現的網站。包括個人、政府、企業、專業、綜合等。）的雛形。

和馬朵的中國黃頁不同的是，愛特信不提供企業資訊，只提供時事新聞以及搜尋引擎，基本上走在其他網站的前面。

縱觀目前國內的各大網站，大多都是模仿國外的同類網站，但如果是全盤照辦的模仿就太懶了。就互聯網而言，最寶貴的就是創新，就是創意。商深對目前國內的各大網站都不太滿意，如果讓他做一家網站的話，他會在模仿雅虎的基礎上確立屬於自己的獨特風格，以符合國人的閱讀習慣和審美頁面來吸引網民。

「索狸？聽上去怪怪的，不過挺有意思的，我回頭向王總報一下。」

杜子清嘴上這麼說，心裡並不看好商深所起的名字，太怪太新奇，肯定不會被王陽朝採用，作為一名理工博士，王陽朝應該沒有這麼前衛的想法。

「差點忘了一件事，你還記得徐一莫嗎？」

杜子清覺得有必要向商深透露一下徐一莫的最新動向，因為徐一莫的動向和商深有一定的關係。

「當然記得啊，怎麼了？」

他和徐一莫在深圳發生過不足為外人道的旖旎事件，他不記得她才怪。

「一莫從深圳回來後，也不知道中了什麼邪，不停地說你。剛才睡著了，說夢話的時候又提到你，說什麼她明明記得睡的是大床，怎麼醒來就睡在小床上了，會不會是你背後做了什麼……笑死我了，她以前可從來沒有把一個男生掛在嘴邊個沒完，她是不是喜歡上你啦？」

商深嚇一跳，忙矢口否認，撇清道：「怎麼會？我有女朋友了，她又不是不知道。」

「雖然我也很喜歡衛衛，不過說實話，商深，我覺得你和衛衛並不合適，不說天南地北的距離，就是你們的身分差距也太大了些，還是一莫和你最合適。別看一莫沒有衛衛家境好，但她是個很上進的女孩，率性又隨和，如果你和衛衛分手，不妨考慮一下一莫，她就算不是喜歡上你，對你也有些想法。好啦，不說了，晚安。」

打出「晚安」後，杜子清就下線了，商深想再說什麼卻沒來得及，只好苦笑著搖搖頭。

怎麼了，徐一莫撮合他和崔涵薇，杜子清卻撮合他和徐一莫，他和范衛衛還沒有分手好嗎？何況就算他和范衛衛分手了，也需要時間療傷，哪有這麼快就另尋新歡？他是一個這麼容易忘情的人嗎？何況他虧欠范衛衛太多，他親手寫下的欠條還在范衛衛手中呢。范衛衛說得對，誰虧欠了誰，誰就比誰更痛苦。

不想那麼多了，睡吧，忙了一天也累了。商深關了電腦，剛上床，手機就響了。

是葉十三來電。想了想，商深還是接聽了電話。

「商深，回北京了？深圳之行收穫怎樣？」

葉十三的聲音平靜沒有起伏，似乎已經忘了之前和商深發生的所有不快，但他的語氣也不復以前的親熱，彷彿遙遠到了天邊，和商深就是再普通不過、僅僅比陌生人稍好一些的朋友。

商深愣住了，葉十三的消息太靈通了吧，他回北京的事誰也沒有告訴，就連杜子清也是剛剛知道，葉十三怎麼知道了？

「回北京了。」商深壓下心中的疑問，沒有正面回答葉十三的問題，淡漠地問道：「有事嗎？」

「沒事，就是問候一下，順便提醒你一句，如果有一天我們在商場上狹路相逢，我不會手下留情的。」

「我也一樣。」商深的聲音透出一絲涼意，「祝你成功。」

「謝謝，再見。」葉十三很乾脆地掛斷了電話。

拿著手機站在京北花園社區門口，葉十三的臉色在夜色中深沉而陰晴不定，就如路邊昏黃的路燈映射下半明半暗的灌木叢，呈現黑壓壓的壓迫感。一陣風吹過，路邊高大的樹木樹葉嘩嘩作響，葉十三再次回望京北花園四個大字一眼，轉身走了，他的身影被路燈拉得很長，既古怪又有幾分詭異。

一連一個禮拜，商深沒有等來范衛衛隻言片語的回覆，打她的手機，顯示已經停機，在網上聯繫她，她永遠是不在線上的狀態，真的從此世事兩茫茫了？他的心情低落到了谷底。

還好近來無事，只有崔涵薇不時告訴他公司的進度之外，別人都沒有聯繫，不管是馬朵、歷江還是杜子清或是葉十三和畢京，就連說要過來北京和他面談的馬化龍和王向西也暫時沒有了消息。

對了，還有張向西和仇群也沒找他，他空閒下來時，就研究ＩＣＱ和各大網站的頁面，算是對日前國內所有的軟體和網站有了系統全面的認識。

商深想要從事的ＩＴ行業並不包括硬體、製造或是銷售電腦及周邊，一是投資太大，二是市場風險不可控，並且遠景也沒有軟體的可拓性強，在他看來，未來的ＩＴ業還是一個互聯為上、軟體為主、硬體為輔的格局。

當然商深也不想否認的一點是，進軍硬體製造者，沒有雄厚的資金絕無可能成功，以目前市場上的電腦品牌來看，聯想、清華同方和北大方正以及七喜、實達等國產品牌，看似群雄逐鹿，其實明眼人都可以看出未來的電腦市場就是聯想的天下。

別看清華同方和北大方正氣勢如虹，但聯想後來居上，不管是創新還是銷量都已經明顯超越了同方和方正；至於七喜，明顯走的是低端路線，進入第一陣營的可能性幾乎沒有。

電腦市場是個淘汰率極高的行業，就如曾經來勢洶洶的上海東海電腦，才幾年光景就已經日薄西山了。

曾記得一九九五年，上海出品的東海電腦作為國內領先的個人電腦生產商，以奔騰九〇為核心，開始量產家用個人電腦，普及進入消費者市場。

當時東海電腦一位頭髮花白的女性首席工程師在演示東海電腦功能的同時，描述出未來在電腦上勾繪三D圖像及剛剛出現不久的網路連接世界的美妙藍圖，曾經是多麼激動人心的場景，恍如昨日，豪言壯語猶在耳邊，但現在東海電腦在市場上節節敗退，甚至連後起的七喜都已經將之超越。

硬體市場的風雲變幻，有時別說新生企業，就連許多百年跨國集團公司也有可能因為一個小小的判斷失誤而錯失良機。

即將到來的互聯網時代，是最好的時代，它提供了無數可能，讓許多人的思維得到解放並且釋放了巨大的能量，締造了數不清的傳奇。但同時也是最壞的時代，因為它埋葬了許多人的夢想，葬送了許多人的成功，提前為許多跟不上時代腳步的人敲響了喪鐘。

如果沒有互聯網，或許有許多企業還可以苟延殘喘十幾年，但在互聯網來勢洶洶的衝擊下，讓許多傳統保守的企業被勢不可擋的互聯網浪潮一擊沖垮，連喘息的機會都沒有就粉身碎骨了。同時，互聯網浪潮也帶來許多全新的觀念和生活方式以及理念，讓許多適合不了時代巨變的人，都被時代迅速地淘汰。

在平靜和無聊中度過一周後，商深漸漸適應了一個人在北京的生活。

下午，陽光正強，正是一天中最熱的時候，崔涵薇來了。

一周未見的崔涵薇明顯瘦削了幾分，臉色微顯疲憊。她來之前沒有電話通知商深，而是直接登門。

穿著背心和短褲的商深，正在家裡上網，渾然沒有電腦高手的風範，相反卻如一個流浪漢一樣頹廢。

「怎麼不打扮一下？」崔涵薇見房間還算乾淨整潔，坐在沙發上，「你現在活像個流民。」

「沒錯，我就是個IT流民。」商深撓頭笑了笑，見穿了一身寬鬆裙裝的崔涵薇雖然清瘦了幾分，卻愈發像個高中女生了，忍不住笑說：「你又逆齡生長了，再過幾天不見的話，你估計就十八歲了。」

「嘴怎麼這麼甜？」崔涵薇白了商深一眼，嗔怪的眼神中有幾分歡喜，不過很快眼神就黯淡下來，「不好意思商深，有一個壞消息，公司的推動不太順利，可能暫時會擱置。」

「嗯？怎麼回事？」商深問。

「爸爸不同意我開電腦公司，他不簽字我就拿不到資金。本來我想背著他先註冊公司再說，結果註冊公司時又遇到了阻力。」崔涵薇微有落寞之意，「對不起，讓你失望了。」

「好事多磨，可以理解。」商深笑了笑，一臉平靜，既沒有失望也沒有埋怨，「如果公司一直成立不了，我就得出去工作了，不能老待在家不是？再這樣下去，就坐吃山空了。」

「工作問題我來想辦法，」崔涵薇深感過意不去，想了想說：「如果你願意，可以暫時來我和哥哥的公司工作，月薪兩千起跳。我估計公司的成立還需要一段時間，少則兩個月，多則半年，我正在想辦法。」

「不用了，工作問題我會自己想辦法。」商深想了想，「如果僅僅是資金問題的話，可以考慮和八達或是馬化龍、王向西他們合作，互聯網市場很大，可以容納許多人的夢想，合作才能雙贏。」

「不僅僅是因為資金問題，其實資金問題倒還好解決……」崔涵薇臉上驀然閃過一絲紅暈，神情多了幾分不自然，「主要是爸爸以為我和你合作開公司是有私人感情的因素在內，所以他才堅持反對。」

商深大汗，我真有這麼大的魅力？有了一個范衛衛還不行，難道還要再有一個崔涵薇？

「感謝崔伯伯對我的高抬，我還真不是一個對女生有吸引力的人。不對，你不是有男朋友嗎？」

「誰有男朋友了？」

崔涵薇想起商深對她的誤會一直沒有機會解釋，現在機會來了，自然不肯放過，「你覺得我會喜歡上祖縱那樣的人？連和他相提並論我都覺得是對我的污辱！以後如果你再誤會我是祖縱的女朋友，我就和你絕交！」

「幹嘛這麼大反應？」商深欣慰地笑了，不知為何，聽到崔涵薇不是祖縱的女朋友的真相後，心中舒暢了許多，或許在他的潛意識裡一直覺得，像崔涵薇這樣的女孩不應該和祖縱這種混蛋在一起，不但有辱崔涵薇的身分，也讓他對女性美好的嚮往深受打擊。

「誰讓你一直誤會我是祖縱的女朋友！」崔涵薇終於卸下心頭的一塊石

頭，整個人輕鬆多了，「除了爸爸反對外，哥哥也一直從中作梗，要不是不想讓爸爸多心，我早就成立公司了。」

「你哥為什麼要反對？」商深不理解崔涵柏是出於什麼原因。

「很簡單，我如果另起爐灶的話，就要從他的公司撤股，他現在資金周轉暫時出現了問題，不想讓我撤股。最重要的是，他也覺得你對我圖謀不軌，所以堅決不同意我和你一起合作開公司。」崔涵薇咬著嘴唇問道：「商深，你說實話，你對我到底有沒有想法？」

「天地良心，真的沒有。」

商深撓撓頭，不明白崔涵薇明明在談公事，怎麼轉眼就跳到私事上，女人的思路總是這樣跳躍嗎，他有些頭大。

「不對，有想法，想法就是想和你共同開創事業，打下一片藍天。」

崔涵薇含蓄地笑了，接著又嘆息一聲：「我一直相信一個道理，機遇到的時候，該來的總是會來。我不反對合作，其實我也很願意和馬化龍、王向西合作，這樣好了，如果他們再聯繫你商量合作的事，你就讓他們來北京談，我要和他們坐下來好好談談合作方式和細節。」

「崔涵柏對你在深圳被黃廣寬欺負的事，沒什麼想法？」

商深一直覺得崔涵柏在黃廣寬的事情上應該負主要責任，雖然崔涵薇有驚無險地過關，但萬一再有下次呢？好運不會總有，而有些事情一旦發生就永遠無法彌補了。

「他被爸爸狠狠地罵了一頓，爸爸告誡他，以後再和人談生意，要麼不談，要麼他親自出面，不許再讓我拋頭露面了。他其實也挺愛護我的，打電話臭罵了黃廣寬一頓。不過黃廣寬太狡猾了，什麼都不承認，還好什麼事也沒有發生。到底哥哥是怎麼想的，我不知道，不過我覺得他應該和黃廣寬斷絕了聯繫，不會再有來往了。」

「我倒覺得你哥和黃廣寬不會斷絕聯繫。」商深心中隱隱有一絲擔憂。

崔明哲的發家在很大程度上有一定的運氣成分，是得益於改革開放後房地產業的興盛，也可以說，他也是時代造就的英雄。

當然，就如將Hotmail賣出四億天價的傑克・史密斯一樣，也是抓住了時代的脈搏才一步登天的，但互聯網時代的成功和借助改革開放的成功者有所不同的是，互聯網時代的英雄都是高學歷、高素質並且有創新有想法的人才，而借由改革開放成功的一批人，大多文化水準不高，只是憑藉膽大、敢幹、敢拼以及掌控了資源優勢等方式獲得成功的。

他們的成功中，往往帶有不光彩的一面，甚至採取許多不見光的手段，也正是因此，伴隨著改革開放春風富裕起來的第一代富人，常被稱之為暴發戶。以至於後來國門大開，出國旅遊風氣興起時，他們作為第一批走到國外旅遊的遊客，隨地吐痰、大聲喧嘩等種種陋習也被帶到國外，給外國人留下中國人素質太低的深刻印象，導至許多地方還專門用中文特意提醒遊客不要隨地吐痰和大聲喧嘩，丟盡了中國人的臉。

這其實也可以理解，一個窮慣窮怕了的人突然暴富，心態難免會有所失衡，以前遙不可及的貴重物品現在觸手可及，自然會表現出過分流露在外的佔有欲。如果一個人三代全是富人，從來不知道缺錢是什麼概念，也就不會有炫富的想法了。

想遠了……商深自嘲地搖頭一笑，思緒又落到崔涵柏身上。雖然他和崔涵柏不是很熟，但從崔涵柏和祖縱合作，寧願拿妹妹當誘餌也想得到祖縱投資的冒險，以及他非要讓崔涵薇一人以身試險，遠赴深圳去和黃廣寬談判的做法就可以得出結論，他和崔明哲的性格有相同之處，就是喜歡弄險，喜歡火中取栗。或者說，喜歡投機取巧。

崔明哲的發家明顯有運氣成分，當然不可否認，也有眼光獨到的一面，但一個借助房價買進買出賺取第一桶金的人，在他的成功理念中，必然帶有強烈的投機的色彩。崔涵柏幾乎是崔明哲的翻版。

崔涵柏敢接受祖縱的投資，就說明他是個利益大於一切的人，那麼，不管黃廣寬對崔涵薇試圖做過什麼，只要沒有對崔涵薇造成實質性的傷害，他肯定還會和黃廣寬保持密切的聯繫，因為在他看來，黃廣寬對崔涵薇試圖不軌之舉，正是他用來和黃廣寬做生意的籌碼。

不過這畢竟是推測，商深不會對崔涵薇說出他的想法，但願他的擔憂只是杞人憂天。

商深確實猜對了，崔涵柏表面上答應崔明哲和崔涵薇不會再和黃廣寬來往，但在接到黃廣寬一個電話後，又按捺不住要和黃廣寬合作大賺一筆的念頭，暗中一直和黃廣寬保持頻繁的聯繫。

黃廣寬告訴崔涵柏，有一批走私汽車需要處理，如果崔涵柏需要的話，可以低價提供。崔涵柏聽了大為心動，他身邊有不少朋友想要名車卻又想貪便宜，如果他能拿到貨源，再轉手賣出去的話，肯定可以賺到暴利。

「算了，不管他了，沒空操心他的事。」

崔涵薇現在的心思只在商深身上，如果一直拖著公司成立不了，她沒法向商深交代，萬一商深等不及和別人合作了，她豈不是空歡喜一場，所以她決定鋌而走險。

「我決定不等了，明天和爸爸最後攤牌，如果他還不支持我，我就去向別人借啟動資金。哼，反正我也有管道，不愁借不到錢。」

「借錢？不要意氣用事。」商深為崔涵薇倒了杯水，「不如再等等，好好勸勸崔伯伯。崔伯伯不是也看好ＩＴ業的前景，他現在也有一家從事ＩＴ行業的公司吧？」

「有是有，不過不瞞你說，爸爸名下的ＩＴ公司只是個擺設，外界都以為他拿出一半精力投資ＩＴ行業是因為他眼光獨到，並且看好ＩＴ行業的前景，其實真相沒那麼簡單。一開始爸爸確實是看好ＩＴ行業的前景才投資了一家ＩＴ公司，但後來在哥哥不斷的勸說下，他又對ＩＴ行業的前景失去了信心，現在那家公司已經名存實亡了。」

崔涵薇一臉無奈地說：「他之所以還保留著那家公司，是覺得如果現在關了會讓人笑話，也會影響公司的整體形象，況且爸爸還想著以後上市的話，可以以集團的形式包裝，或許可以提高市值。」

原來如此，商深也無奈地笑了。為什麼老一輩的創業者都對即將到來的互聯網浪潮持悲觀態度呢？是擔心互聯網浪潮衝擊他們的行業優勢，還是真的只是因為想法保守而覺得互聯網沒有未來？

隨便他們怎麼想吧，商深堅信時代的號角已經吹響，互聯網時代的到來已經勢不可擋了。

「借錢？向誰借錢？」

商深想起馬化龍和王向西也因為資金問題向范長天求助，結果被范長天毫不猶豫地拒絕了，怪不得王陽朝創辦愛特信和張向西準備上線新網站都是從國外融資，國內沒有資本家願意資助是根本原因所在，並非是互聯網的創業者不愛國。

「不如向馬朵借，他應該願意投資，也有本錢投資。」

「不向他借，不合適。」崔涵薇搖頭拒絕了商深的提議，「馬朵人是不錯，也有眼光，但他的發展方向和我們不一樣，如果拿他的資金，必須要接受他的理念，你願意和他走同樣的路嗎？」

也是，崔涵薇在資本運營上果然比他經驗豐富，商深沉默了。

沉默是因為他一時想了很多。同樣是IT行業，同樣置身於互聯網浪潮中，同樣看好互聯網的前景，但在大方向相同的前提下，還是有許多具體而微的分歧。

馬朵更傾向於電子商務，想建立一個連接企業和客戶作為橋樑的網站，王陽朝的愛特信和向落的絡容，則是要走門戶網站的路子，而他的想法和馬化龍、王向西更接近，懷揣軟體改變世界，夢想點亮生活創意的理念。

而即將上線新網站的張向西，估計也是要走門戶網站的方向。或許也是因此，他在內心深處一直沒和張向西、仇群走得太近，主要就是因為理念上的微小差異所致。

換句話說，馬朵和王陽朝、向落不是一路人，和馬化龍、王向西也不是一路人，他和馬朵雖然脾氣相投，做朋友可以，但是如果合作事業的話，也許也不會有好結果。

理念不和是無法調和的矛盾。想通其中的關鍵，商深點點頭，「涵薇，我發現你看待問題時比我更有眼光，想得也比我長遠。」

崔涵薇第一次被商深誇獎，心花怒放，無比開心：「哼，早就說過你別小瞧我，你以為我真的只是個嬌生慣養、傲慢無禮什麼都不懂的富家小姐？你錯了，我懂得不比你少，對互聯網前景的認知不比你淺薄。」

「是，崔總英明。」商深嘻嘻一笑，摸了摸鼻子，「現在的情形是，我們沒錢，馬化龍和王向西也沒錢，但偏偏我們和馬化龍、王向西的理念又完全一致，那麼怎麼樣才能實現我們共同的理想呢？實在不行，我去中關村擺攤算了，也許可以撈到第一桶金。」

「還不至淪落到讓你擺攤的地步，有我在，還怕沒路走？你也太小瞧我了。我可不是賈小北，才不會讓你這麼落魄。」

崔涵薇剛才還神情黯淡，現在又煥發了光彩，她仰著臉一臉得意的樣子，頗有幾分向最在意的人炫耀自己本事的撒嬌意味。

「我絕不會讓你像文盛西一樣去中關村擺攤。」

「賈小北是誰？文盛西又是誰？」商深不知道為什麼崔涵薇嘴中突然冒出兩個陌生人的名字。

「賈小北是我一個姐妹，文盛西是她的男朋友，人大的高材生。他的經歷才叫坎坷呢，你和他相比，一帆風順多了。」

崔涵薇忽然談興大起，主要是她很欣賞文盛西的為人，想用他的經歷來激勵商深。

其實她還是不太瞭解商深，商深是一個看似隨遇而安的人，其實很固執也很意志堅定，認準的事情輕易不會改變，也不會退步，表面上商深在等她的資金到位，其實暗中商深已經做了大量的工作，只是她不知道罷了。

不過，她對商深講述的關於文盛西的經歷，讓商深再次打開了另一扇大門，同時也讓商深的眼界再次提升到一個更高的層次。

第二章

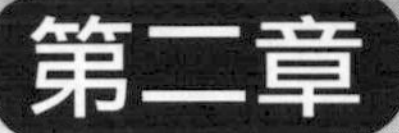

成功男人的背後

商深見崔涵薇臉色紅潤如花，不由心中大動，
「雖然我是個不世出的高手，但一出手就會名震天下，
如果你願意當我和郭靖一樣傻，我就傻下去也沒什麼，反正我有黃蓉就行了。
每個成功的男人背後，都有一個黃蓉。」

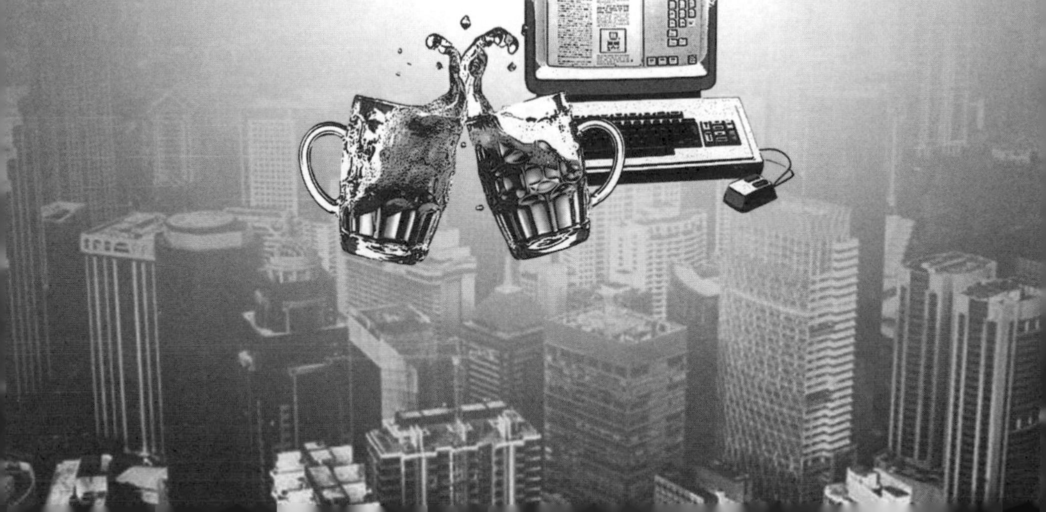

「我給你講講文盛西和賈小北的故事吧。」

崔涵薇習慣性地一攏頭髮，說：「文盛西的不幸，在於他找了一個堅持反對他任何創業行動的女朋友，但他的幸運之處，也在於他有一個處處和他作對的女朋友。正所謂逆境鍛煉人也會成就人，你說對不對？」

商深沒回答崔涵薇的問題，而是催促道：「趕緊說事，別賣弄。」

「兇什麼兇?!」崔涵薇嗔怪地白了商深一眼，然後說起文盛西和賈小北的愛情故事。

說是愛情故事，其實也是文盛西的個人奮鬥史。

出身農村的文盛西，一步登天考上了人大後，為了自食其力，不花貧窮家庭的一分錢，賣東西，當家教，還自願幫老師打掃辦公室和電腦室，就是為了能在空閒時使用學校的電腦。也就是從那時候開始，文盛西自學了程式設計。

九十年代中期，北京的電腦程式設計人才十分匱乏——當然現在也是一樣供不應求——強大的需求使文盛西如魚得水。大三時，文盛西就靠程式設計得到了人生的第一桶金，在校園裡算得上是學生大款了。

有錢之後，文盛西和賈小北發生了觀念上的第一次強烈衝突。

賈小北是北京女孩，家境還算不錯，雖不是大富大貴之家，也比一般人家強了不少，更比出身農村的文盛西強上許多。一開始賈小北和文盛西談戀愛，家裡就一致反對，她好不容易衝破家庭阻力和文盛西在一起，因而非常珍惜文盛西的這次成功，更因為文盛西足足賺了近百萬的巨額身家，讓家裡人都對文盛西高看了一眼。

在她的想法，文盛西應該繼續程式設計去賺錢，因為程式設計不需要投入資金，只需要投入智慧。文盛西卻不這麼想，他認為程式設計賺錢太慢，經過一番考察，他決定開一家飯店。

他的決定遭到女方的堅決反對，賈小北認為文盛西沒有開飯店的經驗，貿然進軍餐飲業，折戟沉沙的可能性極大，不如老老實實地走程式設計之路，賺實在錢比較穩妥。

只不過性格中冒險成分太多並且不喜歡被人左右的文盛西並不聽從女友的建議，毅然決然地按照自己的想法邁出了想賺快錢的第一步。

他用近三十萬元的價格盤下一家餐館，準備大幹一番。然而理想是美好的，現實卻是殘酷的，沒有餐飲經驗的他，只憑一腔熱血和賺大錢的欲望，以為一切會和想像中一般順利，終於嚐到苦果，餐廳嚴重虧損，不但不賺

錢，每個月還要倒貼好幾萬。即使更換餐廳設備，還是難以為繼。

不到一年的時間，文盛西不但虧完靠程式設計賺來的資金，還被迫向父母及親戚借了十萬元，結束了餐廳的生意，忍痛和餐飲業永別。

初出茅廬的文盛西，算是在創業路上跌了一大跤！但這還不是讓賈小北和文盛西父母最傷心和惱火的事。

大學畢業後，文盛西在一家日商企業工作了兩年，不知道怎麼心血來潮，突然放棄優裕的工作，辭職到中關村擺起地攤，賣起了電子產品！

一個大學高材生竟放棄在日企的工作當起個體戶，在當時國企大於外企，外企大於私企，私企大於個體戶的年代，文盛西此番動作絕對是驚世駭俗之舉，不但父母反對，賈小北更是以分手威脅，要求文盛西必須回日企上班。

兩人大吵一架之後，文盛西還是不顧所有人的反對，在中關村租了一個不到三坪的小攤位，為了租金便宜，租在二樓，用僅有的兩萬元資金進了一批光碟，開始了他的擺攤生涯。

作為一流學府的高材生，自然有著與眾不同的靈活頭腦，由於攤位在二樓，不如一樓人流多，文盛西就在樓下做了個紅布條，透過發傳單來招攬客人。

「他用紅布條、發傳單來打廣告，這就和在論壇發廣告，增加曝光率是一樣的道理。」商深評論道。

他對文盛西十分佩服，一個敢於不斷挑戰自我的人，必定是個具備成功潛質的人，他很看好文盛西的未來。

「文盛西這麼有個性，這麼有叛逆精神，卻找了個乖乖女當女朋友，他和賈小北還能走得長遠嗎？」

「你和范衛衛能走得長遠嗎？雖然你不如文盛西有叛逆精神，但你骨子裡也渴望成功，也有不甘平庸的一面，再是你和范衛衛在許多事情的看法上也不盡相同，就算沒有來自家庭的阻力，你覺得你們能走多遠？」

崔涵薇說著說著就又扯到了范衛衛身上，「你們不過是在錯誤的時間遇到了錯誤的人，由錯誤開始再由誤會結束，其實也挺好。」

「說我幹什麼？」商深搖頭，「說說文盛西和賈小北後來怎麼樣了？」

「聽說要分手了，具體我沒問小北。小北也要出國了，小北的爸媽覺得文盛西不會有什麼出息，雖然文盛西在中關村的攤位叫『北西多媒體』，是各取小北和他名字的一個字，說明他很愛小北。他不想分手，小北想分，一

是小北打算出國，二是她實在受不了文盛西的所作所為，太倔強固執了。」

「有時間我一定去一趟中關村，和文盛西認識一下。」商深哈哈一笑，「我最欣賞有個性的人，男人沒個性還叫男人嗎？如果我認識文盛西，我會勸他和賈小北分手。」

「為什麼？」崔涵薇一臉好奇，「是不是因為小北是我的朋友，你就覺得文盛西必須和她分手，這樣才能顯出男人氣概？」

「此言差矣。」商深跩了句詞，「男人選擇另一半，不一定要選擇出身高貴、家境富裕的女人，但一定要選擇一個和自己有相同人生觀和價值觀的女人，三觀不一致，理念就會有衝突，生活在一起會很痛苦，要麼天天吵架，要麼最終分手，所以說娶妻娶賢……」

「你是在說文盛西和賈小北，還是在說你和范衛衛啊？」崔涵薇之所以說起文盛西和賈小北的愛情故事，其實是想告訴商深一個道理，不一定最早認識的人就是對的人，有時候後來出現的人，才是最合適的。

「你想借誰的錢？」商深嘿嘿一笑，跳到別的話題，「別人會不會笑話你，堂堂的崔大小姐居然淪落到要借錢的地步，萬一有什麼難聽的傳言怎麼辦？再萬一，你借錢的人是個暗戀你的人，乘機向你提出別的要求，你又該怎麼辦？」

「聽你的口氣，好像是在關心我？」崔涵薇開心地問說，笑靨如花，「真是難得，居然知道關心我了。」

「你是我的合作夥伴，我必須要關心你。這是單純的同事情加革命情感的關心，沒有任何超出友誼界限的想法，你別想太多了。」商深吐嘈說。

「小氣，就不能說句假話讓人開心一下嗎？」

崔涵薇在商深面前越來越愛撒嬌了，連她自己都沒察覺，她在眉眼中流露的燦然笑意，就如一個渴望得到誇獎的小女孩一般。

「你從來都這麼傻乎乎的嗎？跟郭靖一樣。」

「郭靖的成功就是因為他的傻，傻人有傻福，如果他不傻，和歐陽克一樣聰明，他怎麼會遇到黃蓉？如果他不傻，不對黃蓉真心相待全心付出，黃蓉怎麼會喜歡上他？郭靖所有的好運都是因為傻而來：洪七公見他傻，才教他高深武功；黃藥師見他傻，才認可了他和黃蓉的婚事，因為在精明的黃藥師看來，傻乎乎的郭靖永遠不會欺負和辜負黃蓉。正是因為他的傻，他不管做什麼事都自認比別人慢比別人差，所以才努力做好，打下了堅實的基礎，才能在後來學成降龍十八掌後，一舉躋身到當世幾大高手的行列。」

「為什麼一個又笨又呆的傻瓜最終會成為絕世高手？」

商深故意停頓了一下，目光直視崔涵薇一雙漂亮且充滿好奇的眼睛。

「為什麼？」

「因為他從來不問為什麼，只管埋頭去做。」

「你！」崔涵薇這才知道上當了，被商深繞了進去，又氣又惱，上前一拳打在商深的胸口，反駁道：「郭靖所有的好運都是從遇到了黃蓉之後開始的，黃蓉是他的幸運星。如果沒有黃蓉，哪裡有郭靖後來的成功？」

「話也不能這麼說，」商深笑著跳開，「假如沒有郭靖，黃蓉也不可能有她的風光。郭靖敦厚樸實，黃蓉聰明伶俐，二人相輔相成，才譜寫了一曲射雕英雄之歌。黃蓉的幸福，也是因為郭靖的傻和可愛，如果她遇到的是一個和她一樣聰明絕頂的人，他們在一起，只會互相算計而兩敗俱傷。大巧若拙，黃蓉太聰明了，必須用郭靖的拙樸來彌補她的鋒芒畢露，否則她就會因為過於光芒四射而成為眾矢之的。月滿則虧，水滿則溢，做人做事不可太過，過猶不及就不好了。」

「啊！」商深沒能逃過崔涵薇的魔掌，被崔涵薇打中後背，腳下一歪，摔倒在沙發上。崔涵薇也因為追得過急，順勢倒在商深身上。

「喂，不是吧？黃蓉也沒你這麼主動啊！上回就欺負我一次了，還沒欺負夠啊？」

由於穿得單薄，商深感覺到後背傳來崔涵薇身體的熱力，不由心臟怦怦直跳。

「討厭，不許再說上次的事了。」崔涵薇起身，整理了一下衣服，伸手拉起商深，「你說得也有道理，郭靖雖然傻了些，但卻知道勤能補拙的道理，就和你一樣，你現在也很努力。」

「你的意思是我和郭靖一樣傻了？」

商深見崔涵薇嬌美如玉，臉色紅潤如花，不由心中大動，「雖然我是個不世出的高手，但一出手就會名震天下，如果你願意當我和郭靖一樣傻，我就傻下去也沒什麼，反正我有黃蓉就行了。每個成功的男人背後，都有一個黃蓉。」

「那誰又是你的黃蓉呢？」崔涵薇巧目盼兮，一臉狡黠。

「范衛衛。」商深不假思索地說出答案。

崔涵薇眼中閃過一絲失望之色，不過隨即會心地笑了：「你就這麼堅定地認為范衛衛還會回到你的身邊？」

「是的，我堅信。」商深毫不猶豫地點頭。

「不好意思，不是我打擊你的自信，你和范衛衛基本上沒有可能了。」崔涵薇神色黯然了幾分，抬手看了看手錶，「好了，不和你閒扯了，走，去跟我辦正事。」

「什麼正事？」

「去借錢。」

崔涵薇頭也不回地走在當前，她的背影果斷而堅毅，彷彿是夏天晴空一片隨風而去的白雲。不知為何，商深腦中忽然冒出一個念頭，和范衛衛相比，成熟大方、事事考慮周全的崔涵薇還真有幾分黃蓉的風采。

「等等我，別走那麼快。」商深追了出去，衝崔涵薇喊了聲，「去跟誰借錢啊？」

「去了你就知道了。」崔涵薇頭也不回，加快了腳步。

樓下停著一輛藍色的寶馬，崔涵薇上了車，問商深：「喂，你會開車嗎？」

商深搖搖頭，坐在副駕駛座：「沒時間也沒有錢學開車。」

「從明天起，你去學開車，一個月後拿到駕照。放心，學費我幫你付。」崔涵薇發動汽車，熟練地駛出社區，「男人不會開車就和女人不會做飯一樣，相當於是低能兒。」

「太武斷了吧？」

商深想要反駁，眼睛餘光一掃，發現了一個熟悉的人影，急忙回頭去看，人影一閃就不見了，沒有看清楚。

「熟人？」

「像是畢京。」商深歪頭想了想，又自我否決了，「也許看錯了，北京那麼大，怎麼可能遇到他？」

「畢京是誰？」

「在德泉儀表廠認識的一個人。」

提到畢京，商深不禁感慨萬千。

下午時分的陽光依然強烈，穿過車窗玻璃，少了幾分威力多了幾分柔情。路邊高大的白楊樹挺直而修長，在夏日陽光下站立成一個又一個真實的夢境。

車速飛快，一閃而過的樹蔭以及地上斑駁的影子，讓商深思緒一時飛遠了。想起在德泉和范衛衛一起漫步麥田的時光，曾經那麼真實，那麼溫馨，只是現在一切都變了。

「你和他有什麼故事嗎？」崔涵薇注意到商深的異常，好奇地問。

「嗯……」商深沒有隱瞞，簡單地說了他和畢京結怨的經過，「他現在在微軟工作。」

「喲，高級白領嘛。」崔涵薇語氣中含著嘲諷，「我認識很多從小在北京胡同長大的人，小時候挺純樸的，到了外企後就都變了，彷彿拿了外國人的工資，立馬搖身一變成洋人了，每個都取了個洋名，自覺好像高人一等，卻不知道其實老土得很。」

「我有太多同學、朋友在微軟、ＩＢＭ、ＨＰ等跨國集團工作，講話總愛中英文夾雜，滿嘴半調子英文，動不動就are you ok、You Know，聽得我這個從美國留學回來的人忍不住要笑死。」

崔涵薇說到激動處，方向就有點跑偏，一輛汽車從旁邊飛駛而過，嚇了商深一跳，忙提醒崔涵薇小心駕駛。

「你怎麼這麼膽小？」

崔涵薇白了商深一眼，腳下猛踩油門，汽車發出一聲沉悶壓抑的咆哮，六缸引擎特有的嘶吼聲刺激了腎上腺素，瞬間加快到時速一百公里。

商深嚇了一跳：「你要幹嘛？」

「不幹嘛，飆車。」

崔涵薇伸手解開辮子，搖搖頭，散開了頭髮，飄逸的頭髮就如飛揚的青春一樣紛飛如花，「讓你見識見識我瘋狂的一面。想當年，我可是有名的北京一枝花……」

「聽上去好像不是好話，倒像是夜店公主一類的。」商深故意取笑道。

「去你的。」崔涵薇瞪了商深一眼，車速再次加快，一個急轉彎，車胎發出刺耳的響聲。

「救命啊！」商深大叫，抓住扶手，張大了嘴，「崔涵薇，我恨你！」

「膽小鬼！嚇死你。」

崔涵薇很滿意商深膽戰心驚的樣子，笑得更開心了，「等下還有更驚險的動作，讓你好好體會一下什麼叫刺激。」

「不要！」商深驚恐地閉上了眼睛。

「剛才我看到商深和崔涵薇了。」

就在商深被崔涵薇捉弄的時候，在京北花園的門口，一輛賓士駛出大門，和商深、崔涵薇的方向背道而馳，朝四環的方向進發。

開車的人正是畢京。

畢京稍胖了幾分，精神煥發，一副人逢喜事精神爽的自得之色：「怪事，商深難道和范衛衛分手了？他怎麼和崔涵薇在一起？」

副駕駛座上的一個女孩，穿著超短裙，一頭金髮，大耳環，前衛而新潮，正是伊童。對商深和誰在一起的問題，伊童毫不關心，她關心的是畢京和商深的打賭。

「你為什麼要和商深爭奪范衛衛？你真的那麼喜歡范衛衛？」

伊童漫不經心地問，她懶洋洋的樣子似乎沒睡醒一樣，雙腿光著腳丫放在儀表板上，酷酷的樣子囂張而輕狂。

「我覺得商深配不上范衛衛，以范衛衛的優秀，她需要一個更好的男人來襯托她的美麗。」

畢京最不喜歡的就是伊童成天一副無所謂的樣子，他更喜歡范衛衛的自然純真，有清水出芙蓉的清新，只看一眼就讓人過目不忘。雖然伊童很遷就他，但他對伊童只有感謝，只有利用，卻怎麼也喜歡不起來。

「你的意思是，你比商深更優秀囉？」伊童會意地笑了，笑容意味深長地說。

畢京摸了摸臉，嘿嘿一笑：「我是長得不如商深，好吧，學歷的含金量也比他稍差一些，但我比他更有上進心，也更有能力。首先，我在微軟工作，他可是無業遊民；其次，我和我爸合開了一家配件廠，現在配件廠的前期工作已經準備就緒，很快就可以上馬，一旦上馬，我就是名符其實的富二代了。最後，也是最重要的一點，范衛衛跟了他，只會吃苦受委屈而不會有好日子，跟了我就不一樣了……」

畢京正說得興起，忽然覺得哪裡不對，扭頭一看，見伊童一臉似笑非笑的表情中壓抑著憤怒，他知道果然是言多必失，忙陪著笑臉：「我就是那麼一說罷了，伊童，你別往心裡去，我的意思是，我自認如果范衛衛跟了我，會比跟商深幸福多了。」

「哼！」伊童冷哼一聲，「合適的才是最好的，你別自以為是，想當然地認為范衛衛跟了你會幸福，也許范衛衛一輩子也不會喜歡上你。換個角度想，根據你的思路，也許我和商深在一起才更合適更幸福。」

原以為這麼說畢京會吃醋，不料讓伊童又氣又失望的是，畢京還真認真地思索道：「還別說，你的這個想法很有創意，也很有實驗性，不如你去追求商深，十三說，他現在一個人在北京，正是感情的空窗期，以你的魅力，只要出馬，肯定手到擒來。到時你和商深成了好事，我去追求范衛衛，十三去追求崔涵薇，兩全其美，不，是皆大歡喜的結局。」

「滾。」伊童踢了畢京一腳，諷刺道：「你這麼喜歡拉皮條，怎麼不去開一個類似的網站，名字我都替你想好了，就是『匹跳網』，肯定賺錢。拉成一筆收費一百，一天拉到一百筆單子，日收入就是上萬元了。」

「哈哈哈，好創意，伊童，你不投身到互聯網裡去創業，實在太可惜了。」畢京也不惱火，反而哈哈大笑。

汽車駛上北四環，此時的四環路還沒有完全建成，九九年，東四環路才建成通車。又一年以後，北四環的其餘路段以及西四環建成通車。直到二〇〇一年六月，整個四環路全部連成一體。

「你在微軟工作，怎麼不熱衷網路事業呢？還去開什麼配件廠，太落後了吧。」

伊童目光望向窗外，心情莫名煩躁起來。有些話想說，忍了忍，又咽回去了。

「我只看好硬體產品的未來，不看好互聯網的未來。比爾・蓋茲曾說過，未來在互聯網上只會存在兩種人，一種是通過互聯網消費的人，一種是通過互聯網賺錢的人。你看看身邊的人，誰在通過互聯網消費，誰又在透過互聯網賺錢？太少了。所以我覺得比爾・蓋茲說得對，未來的互聯網不會有多大的作為。」

畢京輕笑一聲，「在我眼中，沒有老土落後的事業，只有賺錢不賺錢的事業。只要賺錢，別說是配件廠了，就是麵粉廠、養豬廠又有什麼不好？」

「比爾・蓋茲對互聯網的看法也未必正確，他不是萬能的。」

伊童從窗外收回目光，上下打量了畢京一眼，心中微有觸動，畢京雖然長得一般，但他最吸引人的地方就在於他強大的自信，有自信的男人就是有魅力的男人，不管他的自信來源於什麼，總之他的自信為他加分不少。

「據說現在微軟正在和賈伯斯談判，準備入股蘋果，我覺得比爾・蓋茲拯救蘋果，是養虎為患。」

「沒錯，前期談判已經完成，估計再有幾天就會正式對外宣布了。也不能說比爾・蓋茲這麼做是養虎為患，微軟不入股蘋果，別家也會入股，比如IBM，比如HP等等，與其讓別人吃下蘋果，還不如自己來吃。」

畢京的臉上再次露出自信的光芒，他不贊同伊童的判斷，「而且我認為，微軟入股蘋果只是第一步，早晚微軟會吞下整個蘋果。」

「微軟是軟體起家，會進軍硬體行業？我看不會，微軟投資蘋果，只是想讓蘋果電腦裝上微軟的作業系統罷了。」伊童揣測說：「依我看，比爾・蓋茲不是賈伯斯的對手。」

「一個是硬體製造商，一個是軟體服務提供者，合作才能雙贏，ＩＴ行業的共贏思維和傳統商業的你死我活的競爭完全不同，不是有你沒我的零和遊戲。」

畢京含蓄地批評伊童落後於時代的思路，道：「據內部消息，微軟會投資一點五億美元，並且開發Mac版Office，蘋果則會回報部分不具有投票權的股份，雙方都很滿意。想想看，如果以後蘋果電腦都安裝了Mac版Office，等於是微軟打開了蘋果作業系統的一個大門。」

「我知道為什麼微軟要拯救蘋果，而且開出的條件還十分寬厚……」

伊童自信地笑了笑，是想告訴畢京，她雖然不是電腦專業出身，也沒有從事ＩＴ的相關工作，但她時刻關注業內動態，而且思路緊跟時代。

「微軟對蘋果表現出前所未有的寬容態度，並非是微軟是慈善家，而是微軟這樣做也是迫不得已。由於ＩＥ流覽器正同競爭對手Netscape展開激烈市場爭奪戰，美國監管部門已決定對此展開反壟斷調查。出於改變公司形象需要，微軟被迫向蘋果示好，並在合作條款中作出了讓步，也是出於維護自身利益而有意表現出來的高姿態。」

畢京的眼睛亮了：「不簡單嘛，你對ＩＴ行業的瞭解很獨到很有見解。」

「所以說，如果我投資一家ＩＴ公司，你說會不會有前景？準確地說，是互聯網公司。」伊童拋出了她最想說的部分，想試探畢京的反應。

畢京沒什麼反應，只是淡淡地「哦」了一聲：「可以呀。」

「你不和我合作？」

「不了，我和我爸的配件廠都忙不過來，實在分心不了。」

「那我和別人合夥，你沒意見吧？」伊童心裡卻在說，我和你最好的哥們合作，你難道也沒有什麼意見？

「當然沒有，怎麼會有意見？」畢京笑道：「哪怕你和葉十三合作，我也沒有意見。」

伊童見畢京如此無動於衷，徹底熄滅了要拉畢京入夥的心思，心中不知道是失落還是慶幸：「那好，我們就各幹各的。」

畢京沒說話，點點頭，打開了收音機，收音機傳來任賢齊的《心太軟》——你總是心太軟，心太軟，獨自一個人流淚到天亮。你無怨無悔的愛著那個人，我知道你根本沒那麼堅強。你總是心太軟，心太軟，把所有問題都自己扛……

真是笨，為什麼要心太軟，心太軟的後果只能是自己受傷！伊童忽然想明白了許多，她眼角餘光掃了畢京一眼，見正在專注開車的畢京從側面望去，竟然有幾分英俊之氣，專注的男人最帥也最可愛，此話一點不假。

「如果范衛衛再來北京呢？你還會追求她嗎？」伊童再次拋出了范衛衛的話題。

「我和商深有一年之約。一年後，如果我混得比他好，而范衛衛到時也在北京，我就會履行諾言追求范衛衛，兩個條件缺一不可。」

畢京駛出了北四環。

「我呢？」

伊童儘管心裡很不舒服，臉上卻依然掛著一副無所謂的表情，彷彿她和畢京在一起不求天長地久，只求曾經擁有一般灑脫。

「你不是個拿得起放不下的人，何況我們之間說是愛情，似乎少了許多激情；說是感情，似乎又沒有什麼溫情。我覺得我們就是比好朋友好一點、但比戀人差一點的那種關係。」

畢京停了車，抬頭看了看展合大廈，「到了，下車。」

「你是不是覺得我老實好欺負？」伊童追問。

「子曰：人之生也直，罔之生也幸而免……」畢京又開始賣弄他的古文功底了，「孔子說，人的天性，原本是直道而行。從心理學的角度分析，一個人儘管很壞，但也喜歡交老實的朋友。這說明什麼呢？說明就是連壞人也喜歡老實人。是因為老實人好欺負嗎？不完全是，是因為和誠實的老實人在一起沒那麼累。由此也可見人性都喜歡正直，哪怕他自己不是正直的人。」

「明白了。」伊童點點頭，「說了半天，你還是覺得我老實好欺負，所以在范衛衛出現之前，我就是一個替代品，對不對？」

「在你的真命天子出現之前，我也只是一個備胎而已啊。」畢京巧妙地迴避了伊童的問題，用手一指展合大廈，「打算租這裡當辦公地點？位置不錯嘛。」

伊童笑笑說：「位置是不錯，價格也不錯，不過你肯定不知道我為什麼非要租這裡？」

「還真不知道。」

畢京對於伊童非要拉他來看她的「眾合互聯網資訊服務有限公司」的辦

公地址既不理解又懶得多想，現在他的心思全部放在了配件廠上，對本職工作也少了幾分當初的激情。原以為他在微軟的工作可以力壓商深一頭，但在聽說商深幫八達解決了中文處理軟體的故障後，一次從八達得到了五千塊的酬勞，讓他大受刺激，無法接受商深一次拿到的酬勞竟相當於他一年收入總和的殘酷事實。

如此下去，一年後，他別說可以比商深混得好了，不被商深太陽的光芒比得如螢火蟲一般渺小就不錯了。

感受到巨大壓力的畢京於是力促爸爸的配件廠早日上馬，根據他的保守估計，配件廠的年利潤在兩百萬以上，也就是說，一年後，他就是百萬富翁了；兩年後，他在北京就會有房在車，三年後，就是人人羨慕開豪車住豪宅的成功人士。相信商深再有本事，一年後也不會賺到一百萬！

「因為崔涵薇看中了對面的誠鑄大廈，她的新公司會設在誠鑄大廈。」伊童不動聲色地說，「我要和崔涵薇隔著一條路相望，就要看看誰會笑到最後。對了，崔涵薇的合作夥伴是商深。」

「我是想打敗商深，你是想戰勝崔涵薇，我們是志同道合者。」畢京眺望對面的誠鑄大廈，心中忽然閃過一個念頭，問：「你的公司到底是想經營什麼？」

「互聯網擁有無限可能，想經營什麼就經營什麼。」伊童其實心中已經有了方向，卻不願意告訴畢京。

畢京聽出伊童對他有意隱瞞，搖頭一笑，也不再多問：「我建議你們走向落的創業之路，我很欣賞他的眼光和思路。」

一九九五年，廿四歲的向落決意丟掉自己在寧波電信局的鐵飯碗，前往自己的夢想之地廣州尋夢。儘管前方是志同道合、滿懷理想的朋友們的熱情召喚，但所謂的創業之夢混沌一片，看不清輪廓、辨不清方向，他連去廣州到底要做什麼也沒有想明白就踏上了征程。

向落只有一個想法，就是向前走，不管背後親朋好友的不理解和家人對他丟掉鐵飯碗的惋惜，他相信只要不停地向前走就能抵達成功的彼岸。他就如一匹莽撞的小馬，一頭扎進遼闊的草原，不管草原深處是一處夢想之地還是深藏了危險。

或許每一個創業者都有一個共同的特質——勇氣和無與倫比的決心。

來到廣州後，向落很快得到了歷練，任職全球軟體服務公司Sybase做軟體工程師。一年後，他來到廣州最早的一批互聯網ＩＳＰ公司之一的飛捷。

終於，他初步找到自己創業的方向，認清了自己並遇到自己的創業夥伴。

其時，向落在飛捷搭建的ＢＢＳ系統成了廣州最活躍的網上技術社群，人們喜歡在社群互相交流編寫軟體和程式的心得。就是透過這個ＢＢＳ，向落交到兩位好友兼程式設計高手，一起開設互聯網公司的想法應運而生，一九九七年六月，註冊資金五十萬的絡容公司正式成立。

儘管現在的絡容公司才剛剛起步，還沒有起色，也沒有跡象表明絡容會有多麼光明的前景，但一直關注業內動態的畢京非常看好絡容的未來。

第三章

完美的逆襲

成功之後的他，坐擁億萬財富，遠非當年的吳下阿蒙。

伊重的成功成為許多人嚮往的人生目標，

當上CEO，迎娶白富美，是每個男人夢寐以求的事。

但如伊重一樣完美的逆襲手法，卻不是是誰都可以做到的高難度人生飛躍。

「向落？絡容？」

伊童不置可否地笑了笑，沒有回答畢京的提議，反而直接轉移了話題，「真的不加盟我的公司？試想一下，如果你和我聯合打敗了商深和崔涵薇的公司，該有多麼激動人心。」

「打敗商深的方法有很多，不一定非要正面打敗他，也不一定非要是同行業的競爭。」畢京依舊不為所動，不過他也看出來，他的提議沒有在伊童心中激起波瀾，不由喟嘆一聲，他和伊童終究不是一路人，在許多事情的看法上分歧太大。

可是為什麼他會和伊童走到一起了呢？或許真如伊童所說，他和她在一起，就是因為她老實可欺？

也不是，伊童如果是個老實可欺的人，全世界的女孩就都老實可欺了。畢京心裡很清楚，伊童不是一個善良的主，她表面上玩世不恭，內心卻堅硬如鐵，事事要強，事事較真。

當然，除了和他的感情之外。女孩再要強，畢竟還是女孩，在感情上往往會缺少應有的理智。一個再成熟、事業再有成、再高高在上的女人，在感情問題上，還是不如男人冷靜。

「算了，不和你說了，道不同不相為謀。」伊童不耐煩地擺擺手，上了駕駛座，「走，我送你回去，晚上我還有應酬。」

「不用了，我自己回去就行，你先走。」畢京揚了揚手中的手機，「回頭電話聯繫。」

「好，電話聯繫。」

伊童忽然後悔帶畢京來看辦公地點了，早知道直接帶葉十三來看不就得了，何苦非要帶畢京來，讓她心裡堵得慌。

畢京向他提議走向落的路子，卻不知道她最討厭向落了，IT圈子內，她最欣賞的人是仇仲子。仇仲子的經歷和商深有幾分相似之處，不過他比商深早了幾年，而且他和商深有一個非常重要的共同點，兩人都是借助八達作為支點而成名。

仇仲子當年大學畢業後留在北京，為八達寫了幾個市場反應相當不錯的程式，八達就留下了他。但之後他的提議被八達否決了，他就想辭職，八達的總裁為了挽留他，特意安排他到深圳分部工作。

結果到了深圳後，仇仲子遇到一個改變他一生命運的人——香港銀峰公司老闆王風馬的弟弟王小馬。

遇到王小馬後，在王小馬的鼓動下，仇仲子決定大幹一票，打算編寫一個文字處理系統，能夠取代當時的文書處理軟體WordStar，這個文字處理系統就是後來大名鼎鼎的ＷＰＳ。

仇仲子是個想到就要做到的人，從一九八八年到一九八九年，整整一年半的時間內，仇仲子把自己關在王小馬為他在深圳包的一個房間裡，除了睡覺，只要眼睛睜開，就不停地寫。睏了就小睡一會兒，餓了就啃速食麵。

期間仇仲子生了三次大病，第一次肝炎，第二次肝炎復發，第三次又復發，第三次肝炎復發正是軟體發展最緊要的關頭，著魔的仇仲子就把電腦搬到病房裡繼續寫，讓同病房的病友都驚得目瞪口呆。

也許在外人眼中，寫軟體寫到生病住院，該是多痛苦的一件事。但對仇仲子來說，他的痛苦不是病魔纏身，也不是身心憔悴，而是無人分享的孤獨感。有了難題不知道問誰，解決了難題，也無人分享喜悅。和作家一樣的是，在作品問世前，必須一個人走過一段漫長而又寂寞的孤獨之路。

仇仲子在孤獨中寫下了十幾萬行的ＷＰＳ，在寫完最後一行程式的時候，仇仲子已經沒有任何感覺，包括輕鬆喜悅或是成就感，他只想好好地休息一場，好好地大睡一覺。

當香港銀峰公司與北京大學合作把裝有WPS1.0的中文卡推向市場的時候，售出了一千套。

一九九三年，鑒於仇仲子為公司做出的貢獻，香港銀峰公司為他在珠海買了一套價值兩百萬的別墅作為獎勵。同年，香港銀峰公司被北大方正公司合併，仇仲子在珠海成立珠海銀峰軟體公司。一九九四年，成立北京銀峰軟體公司。

隨著WPS的普及和知名度的提升，WPS的銷量越來越大，利潤也越來越驚人，每年銷量高達三萬多套，銷售額高達六千六百多萬。

然而一路高唱凱歌的WPS，在一九九三年遇到了來自微軟的嚴峻挑戰。面對挑戰，仇仲子不但沒有畏縮，反而迎難而上，主動迎接挑戰，脫立了方正之後，他成立珠海銀峰公司，然後做了一個類似於Office套件的產品，叫作盤古元件，裡面有WPS、電子錶和字典。

但是後來盤古元件失敗了，仇仲子總結盤古元件市場失利的四點原因：一、盤古力量分散，沒有發揮WPS當時在文字處理領域的絕對領先優勢；二、沒有沿用WPS這個很有號召力的名稱，等於是自廢武功；三、盤古自身還不夠完善，為了迎戰而迎戰，倉促上市，沒有做到「所見即所得」的便捷優勢，完全是ＤＯＳ版的照搬；四、剛剛獨立的珠海銀峰軟體公司沒有銷售經驗。

盤古是仇仲子脫離方正，自己獨立自主開發的第一個軟體，盤古的失敗不但讓仇仲子大受打擊，還賠掉了王小馬給他的全部獎金。痛定思痛之餘，仇仲子開始計畫開發WPS97版，讓仇仲子沒想到的是，WPS97的開發時間拖得很長，當時既沒有資金又信心不足，然而，仇仲子覺得ＷＰＳ就像是他的孩子，他有義務也有必要讓這個孩子繼續健康地成長下去。

正是在這種情感的驅使下，仇仲子為了維持WPS97的開發，賣掉了別墅。每天工作十二個小時，從來都沒有假日，沒有休息過一天。因為微軟的Word可以由兩百多人做，而他的開發小組只有不到十個人，沒辦法，人少資金少，只有比別人多付出勞動和汗水來彌補不足。可以說，從一九八八年到一九九六年，ＩＴ業內的共識是「ＷＰＳ就是電腦的代名詞」，ＷＰＳ在國內辦公軟體的市場分額曾高達百分之九十以上。

但從九六年之後，情況發生了致命性改變。

一九九六年，初到中國的微軟主動找到銀峰，雙方簽署了一份後來被歷隊認為是「我們上了微軟的當」的「一紙協議」，結果ＷＰＳ的用戶「潛移默化」地轉到了微軟門下。

對銀峰，九六年是悲傷的一年，WPS在與微軟的競爭中輸得一塌糊塗。微軟作為最早佈局中國的跨國集團，為了推廣旗下的Office軟體，必然要壓制本土的WPS。曾憑藉WPS代表中國軟體業最輝煌一頁的銀峰，在面對微軟咄咄逼人的進攻以及笑裡藏刀的協議雙重逼迫下，必須做出新的轉型。

收回對仇仲子的心思，伊童默默祝願仇仲子即將在今年推出的WPS97能夠旗開得勝，在和微軟的較量中立於不敗之地。

她之所以沒有告訴畢京她想走一條和仇仲子相同的道路，是因為畢京所在的微軟，正是仇仲子的死對頭。

她拿起電話打給葉十三：「十三，你在京夜茶館等我，我二十分鐘後到。還有，別忘了帶上你的企劃書。公司的地址已經選好，很快就可以揚帆啟航了。另外，你好好研究一下仇仲子的經歷，我們要走一條和他相似的成功之路，也許和他還有合作的可能。」

「看到剛才的賓士了嗎？白色的賓士E320，那是伊氏集團的千金伊童的車。」在路過誠鑄大廈時，崔涵涵放慢了車速，本想讓商深看看未來公司的辦公地點，卻無意中發現了伊童的車，不由興致大起，為商深介紹起伊童。

伊氏集團的創始人伊重也是一個傳奇人物，出身貧寒的伊重本來是個一無所有的窮小子，一個偶然的機會，救了一位大人物的女兒。大人物的女兒出於感激愛上了他，非要嫁他，大人物卻說什麼也不同意，就找到伊重，讓他提出條件。

伊重痛苦了三天三夜，最終決定為了事業放棄愛情，他向大人物要了一塊地皮。地皮到手後，他捂在手中不放，足足捂了三年，既不賣也不開發，就和當年崔明哲緊握手中的四合院有異曲同工之妙。

短短三年，房價上漲數倍，伊重才利用手中的地皮招商，上馬伊氏集團的第一個住宅社區。結果一炮打火，從此伊氏集團勢不可擋，迅速成為北京最早的一批房地產巨頭之一。

讓許多人意想不到的是，功成名就後的伊重再次向大人物的女兒求婚，結果立即得到大人物的同意，他在事業有成之後終於抱得了美人歸。

此事一時傳為美談，許多人在談論伊重時，都力讚他的高明。如果當時伊重選擇和大人物女兒一起私奔，也許就不會有今天的成就。人生是單行道，也是單選題，誰也不會想到伊重在功成名就後會轉身再去求婚。

成功之後的他，坐擁億萬財富，遠非當年的吳下阿蒙，而已經失勢的大人物如果再不答應他的求婚，就是不識時務了。

伊重的成功成為許多人嚮往的人生目標，當上CEO，迎娶白富美，是每個男人夢寐以求的事。但如伊重一樣完美的逆襲手法，卻不是是誰都可以做到的高難度人生飛躍。

正是伊重和崔明哲在性格上有相似之處，二人又都從事房地產生意，不可避免地在地皮爭奪戰中狹路相逢。二人的交手各有勝負，但總體來說，伊重負多勝少，讓他對崔明哲很不滿意。雖然在明面上二人稱兄道弟，談笑風生，但暗中拆臺、互相出手的事屢見不鮮。

最近就有兩次爭奪戰，一次是京北花園地皮的歸屬，崔明哲大獲全勝。一次是位於同一個地段只隔一條馬路的兩個社區同時動工，同時推向市場，路北的盛世社區是崔明哲的樓盤，路南的天驕社區是伊重的樓盤，兩家樓盤由於距離過近，加上同時銷售，不可避免地再一次短兵相接。

在京北花園地皮上的失利，讓伊重憋了一口氣，發誓要扳回一局，不想在盛世社區和天驕社區的對抗賽中，天驕社區的銷售明顯不如盛世。許多來天驕看房子的購屋人在參觀了天驕社區的佈局和戶型之後，都說不論是景觀、環境還是戶數，天驕都不如盛世。

如果拿天驕和別的社區比較就算了，偏偏每個購房者必提盛世，讓任重大為惱火，認定是崔明哲故意處處和他作對。

也不怪購屋人非要拿天驕和盛世對比，兩處社區位置相近，價格差不多，比較是人之天性。

後來伊重特意親自去盛世實地考察了一番，得出結論，不服不行，盛世在各方面的考慮確實比天驕周到，消費者的眼睛是雪亮的，天驕比盛世果然還差了幾分火候。

那麼豈不是說，他和崔明哲也差了幾分火候？

伊重才不會承認他不如崔明哲，於是暗暗發誓，有朝一日他一定要把崔明哲踩在腳下，讓崔明哲在他面前俯首稱臣。

和伊重脾氣十分相似的伊童，因為伊崔兩家的矛盾，連帶也對崔涵薇有了敵意。崔涵薇雖然人前高傲，本質上卻是個率性的人，並沒有因為爸爸和伊重的不和而對伊童有什麼看法，沒想到伊童對她卻大有成見，不但多次公開宣稱她以後一定可以打敗她，而且只要是正面相遇的場合，她總是對崔涵薇公開挑釁或是冷嘲熱諷，總之，她對崔涵薇很有意見已經是圈內人公開的事。

在崔涵薇這邊，雖然多次遇到伊童明裡暗裡的挑戰，並且聽到她所下的戰書，卻只是置之一笑，不予理會，以為伊童只是說說而已，因為到目前為止，伊童一直在伊重的公司擔任副總，並沒有出來單幹，而她不在爸爸的公司任職，和伊童沒有正面衝突的可能性。

簡單說完伊重的發家史和兩人背後的恩恩怨怨，崔涵薇搖頭道：「本來爸爸有幾次想和伊重聯合開發高檔別墅，因為資金投入大，一家獨做的話，風險太大，結果伊重想也不想就拒絕了。後來爸爸就再也不找他了。經商不是賭氣，做人也不能意氣用事……伊重如此，伊童也是如此。」

「聽你這麼一說，我倒對伊童很感興趣，有機會認識一下，看看敢挑戰你的女孩是不是長了三頭六臂。」

商深知道伊氏集團，卻不知道伊重的發家史和他的女兒伊童，更不知道伊童和崔涵薇的一爭高低，不由笑道。

「伊童沒有三頭六臂，長得倒是挺漂亮，很有個人特色，有時金頭髮，有時紅頭髮，戴著黑色大耳環，很符合你的審美觀。」崔涵薇調侃商深。

「你怎麼這麼瞭解我？我就喜歡外表狂野內心奔放的女孩，太過矜持的女孩太沒情趣，不好玩。」商深接過崔涵薇的話，故意附和說。

「范衛衛似乎也不是外表狂野內心奔放的女孩，你怎麼就喜歡上她了呢？」崔涵薇斜著眼，想套出商深的真話。

「每個人每個階段的審美觀都不相同，也許以前我喜歡的是范衛衛的類型，以後就是伊童那一型了。」商深一臉壞笑。

崔涵薇白了商深一眼，不留情地挖苦說：「你的審美觀一直在水準以下，真替你感到悲哀，不，替范衛衛感到悲哀，原來范衛衛只是你審美不成熟時的夢中情人，等你審美成熟後就會毫不留情地拋棄范衛衛了，對不對？還有，我就不明白了，其實真正外表狂野內心奔放的是徐一莫，你怎麼就不喜歡她呢？」

「徐一莫外表才不狂野。」商深糾正崔涵薇的錯誤。崔涵薇剛才一瞥風情萬種，讓他不禁怦然心動。

「其實，不是我毫不留情地拋棄范衛衛，而是范衛衛因為誤會毫不留情地拋棄了我，唉，好多天了，一點她的消息也沒有，我想她是真的決心和我分開了。」

第一次聽到商深談及他和范衛衛的冷戰，崔涵薇心中不是慶幸而是無奈，她不得不面對一個殘酷的現實，就算商深和范衛衛分手，就算商深也喜歡上她，她和商深之間依然隔著一條巨大的鴻溝，甚至這個鴻溝比商深和范衛衛的還要大。

因為不僅僅是爸媽不會同意她和商深在一起，哥哥也會竭力反對。至少范衛衛沒有一個從中作梗的哥哥。哥哥的話雖然不如爸爸的話有分量，但是哥哥如果一直在爸媽面前說商深的壞話，也會讓商深的形象大大失分。

正要再說些什麼，商深的手機突然響了，是嘀嘀的簡訊聲。

商深打開一看，頓時屏住呼吸，是范衛衛發來的！

上次在機場一別，范衛衛發來一個分手的簡訊後，就和他徹底失去了聯繫，不管他再發簡訊或是ＩＣＱ聯繫，她都沒有回應。范衛衛徹底從他的世界中消失了。

沒想到，范衛衛竟然在他最不經意的時刻突然出現。

「商深，我在美國，一切安好，不用掛念。你要好好照顧自己，不要太忙於工作而疏於生活，聽到沒？人生是一條永遠奔流不息並且從不回頭的河流，我們沒有辦法回到從前相遇的起點。想想，一個國內，一個國外，隔

了千山萬水的距離，其實這樣也好，你還是原來的你，我還是以前的我，就當我們從來沒有相遇過，就讓時間和空間隔開我們錯誤的開始，從此畫上一個雖然遺憾但卻是圓滿的句號。再見，商深，你也不要再用任何方式聯繫我了，手機我會換號，ＩＣＱ會刪掉你，就讓我們彼此消失在無限的時空中，從此永不相見！另外，三年的誓言也不必了，就讓一切隨風飄散吧……」

「從此永不相見」這幾個字有如一道閃電擊中商深的內心，灼傷了商深的雙眼，手機從他手中無力地滑落，掉在大腿上。

「怎麼了？」注意到商深的異常，崔涵薇關切地問道：「是誰的簡訊讓你失魂落魄的？啊，是范衛衛？」

商深無助地點了點頭：「上次在機場收到了衛衛的分手簡訊，我以為她只是一時氣憤。現在又發來一條鄭重其事的分手簡訊，我想她可能真的是鐵了心。」

商深當然不知道，上次的分手簡訊並非范衛衛所發，是許施所為。直到現在，范衛衛並不知道上一段簡訊之事。

見商深黯然神傷，崔涵薇心裡沒有半分因為商深和范衛衛分手的消息而帶來喜悅，相反，卻很憐惜商深的苦痛，她伸出手一摸商深的肩膀：

「雖然不管怎麼安慰你都沒法給你實質性的幫助，失戀這種事，只能靠時間治癒，但我還是想對你說，商深，只有在正確的時間遇到正確的人，才是你的緣分。」

商深沒說話，目光望向窗外。

夕陽西下，餘暉灑滿大街小巷，陽光從來都是公平的，不會偏向高樓大樹或是平房小草，但平房和小草卻會因所處位置的關係或是自身的矮小而享受不到陽光的恩澤，如果因此就埋怨陽光偏心是不對的。陽光從無私心，自己享受不到陽光的照耀，不能埋怨命運的不公，而要從自身尋找原因。

知道內省的人，才是一個具備成功素質的人。人生的起點或許不同，有人天生高富帥，有人生來矮窮醜；有人天生白富美，有人生來土肥圓，如果天天抱著命運不公的想法自怨自艾，一輩子就只能原地踏步了。

有多少矮窮醜最終逆襲成功，登上人生的高峰和歷史舞臺?!又有多少高富帥最後一事無成，只能抱著祖宗留下的基業得過且過？

有首詩寫得好：「學林探路貴涉遠，無人跡處偶奇觀。自古雄才多磨難，從來紈褲少偉男。書山妙景勤為徑，知淵陽春苦作弦。風流肯落他人後，氣岸遙凌毫士前。」

商深從窗外收回目光，見崔涵薇正一臉關切地看著他，心中一暖，正要說幾句自嘲的話，忽然意識到不對：「涵薇，你看我，誰看路？」

「啊？」崔涵薇這才想到她正在開車，心思卻全在商深身上，連路都忘了看，頓時嚇得花容失色，急忙扭頭朝前一看，「呼」地長出了一口氣，還好道路寬闊，沒出什麼事。

「我想起一個笑話，說是有個教練教一個女學員練車，只教了一次，教練就對她說，你去把錢退了吧，對不起，我不想教你了。女學員十分不滿，結果一連試了三個教練，都是只教她一次就非要退錢給她，說什麼也不教她了。」商深見崔涵薇嚇得不輕，有意緩和氣氛，講了個笑話。

「為什麼呢？」崔涵薇不解，「就算她再笨，也不至於只教一次就再也不教了，總要給她學習的機會和時間吧？」

「是呀，說得輕鬆，換了你是教練，你也不會教了，因為所有的教練都被她一遇到前方有情況就雙手捂眼的舉動嚇得差點心臟病發作，再也不敢教了。」商深笑道。

「哈哈，你太壞了，有這麼損人的嗎？哪有傻到一遇到情況就捂眼的人？肯定是胡編亂造，有意調侃貶低女人開車的段子。」

崔涵薇開心地笑了，突然電話響了。

「我們要找的人不在家，去中關村了，我們得去中關村找她。」

接完電話，崔涵薇在前面路口右轉，駛上了中關村大街。

「到底找誰去借錢啊？」商深想問個明白，「直到現在你都沒有說清楚，別忘了，我可是你的合夥人，不是跟班。」

「等見到你就知道了，現在嘛……先保密。」崔涵薇俏皮地一笑。「既然你知道你是我的合夥人，你就應該開車，而不是讓我開車，你坐在一邊，不公平。」

商深也不願意讓女人為他開車，不過他沒有駕照，只好勉為其難地說道：「我以前也開過車，要說上手的話，應該沒什麼難度，只是我沒有駕照，不敢無照駕駛。」

「不要緊，這一帶我都熟，交通警察我都認識，要是被抓了，我托人保你出來。」崔涵薇忽然心血來潮，靠邊停了車，和商深互換位置。

「來，你開。」

「我以前開的車是……」商深一臉為難。

「別婆婆媽媽的，趕緊呀，和人家約好的是五點，現在都四點五十了。」崔涵薇催促道。

「好吧。」

商深趕鴨子上架，只好硬著頭皮上了，他坐在駕駛座，調整了一下座椅，然後小心翼翼地發動車子。

「自動排檔的車，很好開的，只要開過碰碰車的人就會開。」崔涵薇鼓勵商深，然後舒服地靠在座椅上，享受有人照顧的愜意。

不過舒服的狀態沒有持續多久，因為她發現商深開車的水準比她想像中差了太多！

「哎呀，你不要來回晃動方向盤！不要走S路線！哎呀商深，減速，前面有行人，不行，剎車，快剎車！」

「你嚇死我算了，你到底會不會開車啊？你說實話，以前你真的開過車？怎麼看你的水準，像是第一次摸車？真是服了你，車子能讓你開出輪船的感覺，簡直就是神人。」

商深經過一開始的上手階段後，總算找到了感覺，進入平穩期，車子不再左右亂晃了，他咧嘴笑道：「我沒騙你，我以前確實開過車，只不過你剛才沒等我把話說完就硬把我推上來了，我開過車不假，不過不是好車，是拖拉機。」

「什麼？你想害死人啊？拖拉機能叫車嗎？」崔涵薇被商深氣得哭笑不得，舉拳砸在商深的肩膀上，「打死你算了，剛才真是嚇死我，你太壞了。」

商深才剛熟練一點，被崔涵薇一打，一緊張，方向就又跑偏了，差點撞到前面一輛車的屁股。

「好吧，你贏了。」

崔涵薇嚇得一捂眼，忽然想起商深剛才的笑話，忙鬆開雙手，瞪了商深一眼，「從現在起，我不碰你不打擾你，你好好開車，這總行吧？」

商深緊張得出了一頭汗：「你最好連話都別說，我會分心。」

崔涵薇嚇得忙閉上嘴，有點後悔讓商深開車了，現在車流比剛才多，想靠邊停車換人開都沒有機會。算啦，既然已經這樣了，索性一條路走到黑吧。

如果是崔涵薇開車，頂多十分鐘的路程，換了商深，卻足足開了半個多小時才到。到了之後，商深渾身上下已經被汗水濕透了。

商深的狼狽在崔涵薇的眼中不是無能卻是可愛，儘管她喜歡沉穩的男孩，但陪著一個男孩成長，慢慢地看著他一步步走向成熟，最後成為一個風度翩翩的男人，對她來說，是一件很幸福並且很有成就感的事。

二人上樓，穿過川流不息的人群，來到三樓一個賣電腦耗材的小店。小店不大，擺了一圈櫃檯後，中間就只剩下很窄的一個過道，兩個人並排同行都稍嫌困難。

不是吧，經營這麼小的一個地方的人，會有什麼錢？商深不明白崔涵薇葫蘆裡賣的是什麼藥，是真來談一件事關幾百萬投資的大事，還是來中關村一日遊，逗他玩的？

櫃檯裡沒人，崔涵薇直接走了進去，自顧自坐下，商深口渴，也沒當自己是外人，先給崔涵薇倒了杯水，又給自己也倒了一杯，然後坐在崔涵薇旁邊耐心等待。

等了一會兒，來了個人，年紀和商深相仿，個子將近一米八，瘦臉男，濃眉大耳，長得倒是頗有幾分英俊之氣，只不過稍顯瘦弱。

他徑直來到櫃檯前面，露出一口潔白的牙齒：「怎麼店主不在？你是新來的？來五包紙，要ＨＰ的。」

商深見被當成了店小二，嘿嘿笑道：「不好意思，我是來找人的，不負責賣貨。」

「這樣呀。」來人笑了笑，自己動手從櫃檯裡拿了五包紙，「等店主回來你告訴她一聲，讓她記我帳上。」

「等一下。」商深伸手抓住來人，問道：「我都不知道你叫什麼，怎麼和店主說？」

中關村各個攤點之間經常會在缺貨的時候互通有無，商深知道這是業內常態。

「她知道我是誰，不用說姓名就知道。」話一說完，來人掙脫商深的手，轉身要走。

「喂，你不能走。」商深越過櫃檯，攔住了對方的去路，「不行，你必須說出姓名，還得打個欠條，否則我不讓你拿。」

對方也很倔強，明明是一件簡單說出名字的小事，偏偏就和商深槓上了。「你還真是個多管閒事的人，又不是你的店，你操的哪門子閒心？我和店主熟得很，別說幾包紙了，就是搬走她店裡的全部東西，她也不會收我一分錢。你誰呀你，吃多了是吧？」

「別管我是誰，現在我坐在店裡，就有責任看好店裡的東西。」商深寸

步不讓，雖然他不知道店主是誰，但既然崔涵薇認識，就是朋友。

瘦臉男一把推開商深，抱怨說：「你別無理取鬧好不好？不是你的店，你敢再狗拿耗子多管閒事，我就對你不客氣了。客人還等著我呢，我沒時間跟你磨嘰。」

商深被推到一邊，又再衝了上來，拉住對方的胳膊：「你不許走！」

「我……」瘦臉男真被商深逼急了，轉身放下手中的紙，朝商深當胸一拳，「不收拾你，你不知道天高地厚了是吧？」

商深挨了一拳，依然沒有退讓半步，雙手緊緊抓住瘦臉男的胳膊不放：「不管天有多高地有多厚，你拿東西，要麼交錢要麼打個欠條，這才是天經地義。」

「放手！」

「不放。」

「我命令你馬上放手，再不放手，別怪我收拾你。」

「剛才我讓你一拳，不代表我打不過你，你別得寸進尺，如果你再動我一下，我就還手了。」商深毫無懼意，對他來說，原則問題沒有討價還價的餘地。

忽然他想起了什麼，不對，他和瘦臉男爭了半天，怎麼不見崔涵薇上前勸架？回頭一看，崔涵薇正端坐在櫃檯中間的凳子上，一副置身事外的態度，臉上還掛著似笑非笑的表情，似乎他和對方打得頭破血流也和她無關一般。這是怎麼回事？崔涵薇不幫他也就算了，怎麼還一副幸災樂禍的樣子？商深一時想不明白崔涵薇是什麼個意思。

「這麼說，你還真要跟我耗到底了？行，我倒要看看你怎麼還手。」瘦臉男說話間，雙手抓住商深的肩膀，一用力，摔跤一樣要將商深摔個大大的跟頭。

商深腳下用力，雙腿下沉，也用力抱住了瘦臉男的肩膀。小時候他沒少和別人摔跤，知道摔跤的要點在於牢牢控制對方的上身，再想法動搖對方的下身。

瘦臉男沒晃動商深，愣了愣，心想商深看上去瘦瘦弱弱，力氣卻不小，而且讓他驚訝的是，居然還挺有打架經驗的。

這一愣神的工夫，穩住下身的商深反擊了，他用力晃動瘦臉男的肩膀，然後伸出右腿一絆，將對方翻轉了過來。瘦臉男沒防備好，被商深轉動，差點摔倒在地。

正當大家以為瘦臉男惱羞成怒之餘肯定會和商深大打出手時，不料瘦臉男用力一推商深，跳到一邊，連連擺手道：「停，停戰！既然我們都打不過對方，那就不要武鬥，用文鬥。」

商深樂了，他還是第一次見到打架打到一半叫停、然後由武鬥轉成文鬥的妙人，忍不住笑了：「怎麼個文鬥法？」

「就剛才的事，我們講講理，誰能說服誰，誰就贏了。」

瘦臉男拉著商深來到櫃檯裡面，下意識看了崔涵薇一眼，似乎想起什麼，隨後又轉移目光，先是搬了一張凳子讓商深坐下，然後自己坐在商深的對面，擺出一副要講道理的架勢。

「我問你，你認識老板嗎？」

「不認識。」商深搖頭。

「你不認識老板，也不認識我，對吧？更不知道店主和我是什麼關係，萬一我和店主是情人關係，別說拿她的貨了，就是要她的人她都會給，你一個不相干的外人，為什麼非要橫插一腳進來呢？你沒聽一句話，多管閒事多吃屁嗎？」

第四章

分享共贏

「無償贈送，免費使用。」商深一拍文盛西的肩膀，

「文哥，你有什麼管理上的想法，也拿出來分享一下，

互聯網時代就是一個分享共贏的時代。」

「沒問題。」文盛西興致所致，索性挽起袖子，豪邁地侃侃而談起來。

瘦臉男語氣平和，語調平穩，一副很講道理的樣子，和剛才打架時的蠻橫判若兩人。

「我是不認識老板，但我的朋友認識。我們來找老板辦事，老板不在，所以我們坐在櫃檯裡等候。作為老板的朋友，就有責任有義務為老板看好店面。何況剛才你拿貨的時候，你讓我轉告老板你拿走五包紙，等於默認了我們暫時行使老板權利的事實，所以你得按照我的要求寫下欠條。」

商深也心平氣和地和對方理論，既然對方想和他辯論，他就奉陪到底。

「你是老板嗎？」瘦臉男反問。

「不是。」

「從法律上講，你不是老板，就算你是老板的朋友，沒有老板的授權書，你也沒有代替老板行使店家權利的資格。更何況你本人都不認識老板，只是你女朋友認識。退一步講，就算老板委託一人暫時行使店主權利，也應該是你的女朋友才對，而不是你。所以不管是從法律還是人情為出發點，你都師出無名。由此可見，你剛才的行為不但不符合法律程序，也不符合人情禮法，完全就是無理取鬧，甚至進一步講，店主可以控告你有詐騙之嫌。」

瘦臉男自認他的論理完美無瑕，無懈可擊。

商深險些被對方逼得無路可退，心想中關村還真是臥虎藏龍之地，一個賣電腦耗材的小店主居然口才一流，最主要的是他思路清晰，步步逼進，幾乎封死了他的所有退路，讓人沒有反駁的理由。

如果瘦臉男是一家大型公司的CEO的話，那麼他肯定具有全面的控局能力，會牢牢掌控公司的決定權而不容別人插手。也就是說，他是一個控制欲極強的人。而且，還是個手法多變、機智多端的角色，此人絕非池中物，早晚會從中關村出去然後一飛沖天。

不過，瘦臉男雖然說話看似滴水不漏，布下一張密不透風的大網，讓商深逃無可逃，只能乖乖認輸，但百密一疏，他過於強調老板的作用，而忽視了一個關鍵點。

「是，我承認我既不認識老板，也沒有店主的授權書……」

商深誠懇地認錯，低頭憨笑的樣子，任誰看了都會覺得他準備棄械投降了，就連瘦臉男也微微露出笑意，等著商深開口認輸。

不料，商深憨厚的樣子只是閃了閃就迅速不見，取而代之的是從容的表情：「問題是，你說你認識老板，和老板關係密切，也是空口無憑，除非老板親口承認他認識你，並且和你關係很好，願意讓你拿紙，否則，不管你說得再天花亂墜，你都別想拿走這幾包紙。」

「你這是無賴！」瘦臉男一下站了起來，怒氣沖沖就要發作，忽然又想通了什麼，笑了笑，又坐回原位。

「有意思，真有意思，你是我見過的最有意思的人，好，我交你這個朋友，請問尊姓大名？」

商深見識過俠肝義膽、為人執著的馬朵，也和淡定從容的張向西打過交道，還認識頭腦靈活、思維活躍的馬化龍和王向西，相比之下，以上幾人雖然比眼前的瘦臉男更成熟，事業更成功，但和瘦臉男相比，似乎都缺少了一些什麼東西。

缺少了什麼呢？商深仔細想了想，終於想明白了，馬朵雖然口才比瘦臉男更好，演講也更有煽動性，但靈活多變更是瘦臉男的長處。而和張向西相比，瘦臉男又多了幾分咄咄逼人之氣；和馬化龍和王向西比較的話，他的靈活多變中又多了一些執著。

商深自己也奇怪，為什麼他非要拿瘦臉男和馬朵、張向西以及馬化龍、王向西等人相比，瘦臉男不過是一個賣電子產品的小攤主，和前幾人相比，不管是身分還是眼界格局，都差了許多。

不過，差太多只是眼前，誰也不知道以後會不會後來居上？何況就長相來說，瘦臉男還頗有幾分英俊之氣，還有一點讓人驚奇的是，他的額頭上有一小簇白髮，不是故意染的，而是天生即有。

讀過不少史書的商深深信一點，能人異相，瘦臉男是不是能人暫時不知道，但他的天生異相，說明此人天生有與眾不同的基因。

想太遠了，商深收回思路，微微一笑，伸手接住對方伸來的友誼之手：

「我叫商深，請問你是？」

「盛西，你拿幾包紙拿了這麼久，還做不做生意了？」

瘦臉男還沒有回答商深，身後一個女孩脆生生的聲音響起，隨後人影一閃，一個短髮短裙圓臉的女孩出現在商深眼前。

女孩膚色白淨且健康，留著齊眉的瀏海，巴掌大的小臉素淨而雅致，在一身白裙的襯托下，如水仙一般美麗。

瘦臉男回頭一看，呵呵一笑：「小北，你不幫我看攤，怎麼也上來了？我遇到了點小麻煩，正在解決。」

被稱為小北的女孩目光在商深身上打了個轉，隨即移開，視線停留在崔涵薇身上，頓時亮了：「薇薇，是你呀。」

「薇薇？崔涵薇？」

瘦臉男轉身看向崔涵薇，露出驚喜的表情，「我就說看你有點面熟，卻怎麼也想不起來在哪裡見過，原來你就是小北常常提起的崔涵薇。這麼說，他是你的男朋友了？誤會，誤會，哈哈，不打不相識，你也真是的，看我們鬧騰了半天，就坐在一邊看熱鬧也不說破，是故意看我們笑話是吧？」

商深驚呆了，原來崔涵薇認識瘦臉男，怪不得剛才擺出袖手旁觀的姿態，還一臉似笑非笑的神情，原來是故意為之。

不對，等等，他腦子有點亂，小北稱呼瘦臉男叫盛西，文盛西和賈小北……不就是剛才路上崔涵薇講過的一對戀人嗎？沒想到，居然和文盛西狹路相逢，還打了一架。雖然打得不太激烈。

「小北，你不是要出國，怎麼還沒走？」崔涵薇站起來，和賈小北打了招呼，又笑著對文盛西說道：「盛西，你知道剛才和你打架的人是誰嗎？」

「我管他是誰，」文盛西哈哈一笑，「反正很對我脾氣就是了。涵薇，你很有眼光，找了這樣一個男朋友。告訴你，你男朋友以後肯定會是個了不起的人物，能文能武，而且還很有策略，我交定他這個朋友了。告訴我，他叫什麼名字。」

「商深。」

崔涵薇本想糾正文盛西一個錯誤——商深不是她的男朋友，話到嘴邊卻又咽了回去。

「商深？」

文盛西大驚失色，剛才商深自我介紹過，卻正好被賈小北的出現打斷，他就沒有上心，猛然間想起商深是何許人也，回身一把抓住商深的胳膊，驚道：「你就是解決八達印表機啟動故障、改寫八達中文處理軟體的商深？」

商深被文盛西抓住，有些不好意思地說：「就是我。」

「哇！太好了，沒想到我還有機會認識心目中的偶像！商深，你肯定不知道，你是我目前最崇拜的偶像，我對你佩服得五體投地。」

文盛西喜出望外，抓住商深的胳膊搖個不停。

商深一臉靦腆：「我小時候也崇拜原子小金剛，長大後才知道，原來偶像的存在就是為了以後的破滅。」

「哈哈，精闢。」文盛西哈哈大笑，「不過要我說，偶像是人生前進的動力。知道我為什麼崇拜你嗎？因為我賣的電子產品裡面既有印表機，又有中文處理軟體，這兩樣賣得特別好，後來出現問題就斷貨了，結果我的日子

就難過了，銷售額大降，幾乎連租金都付不起。當時我想靠我自己有限的程式設計知識動手修復，結果不但沒成功，還弄壞了一台印表機。

「後來我就想，誰要是能解決啟動故障和修復軟體，要是女的，我就去追她；要是男的，我就當他是我的人生偶像。後來八達解決了故障的印表機重新推向市場後，我千方百計打聽是誰解決了問題，還沒打聽出來呢，中文處理軟體也成功重新上市了，我當時激動地想，解決印表機故障和修復中文軟體的兩個人，我到底該崇拜哪一個？正發愁時，得知原來都是一個叫商深的人解決的。從此，商深的名字就在我的腦海中生了根，發了芽，我就想如果有一天能認識商深該有多好，不成想我和你還真的認識了，卻是因為五包紙並且還打了一架，哈哈，太有意思，太戲劇化了。」

文盛西很健談，說完又鄭重其事地向商深伸出右手：

「自我介紹一下，文盛西，出生於江蘇蘇北來龍鎮，鎮上人都說來龍鎮的名字預示著以後鎮上肯定會出大人物，我覺得這個說法很有道理，也許那個大人物就是我，哈哈，開個玩笑。人大畢業後，上了一段時間班，覺得沒有意思就辭職下海了，現在是中關村北西多媒體店主。」

商深被文盛西的熱情和開朗感染了，也哈哈一笑，說道：

「商深，出生於河北中部的馬頭鎮，鎮上的人說馬頭鎮是一馬當先的意思，我覺得不對，應該是萬馬奔騰我為頭馬的意思。人大畢業後，上了三天班，覺得雖然有意思但沒有前景就辭職了，雖然辭職卻沒下海，現在還是無業遊民。」

「你也是人大的？這麼說我們是校友了，哈哈。」文盛西給商深一個有力的擁抱，「太有緣了，晚上一起吃飯，我請客。」

「你請客？想得美。你請客了，我這個老板的臉往哪兒放？」文盛西話音剛落，身後就響起一個女孩的說話聲。

不知何時，又多了一個女孩，她一身藍裙，圓臉大眼短髮，齊耳短髮配對開的短袖上衣，再配上藍底白花的長裙，很有文青知性而嫻靜之美。

商深頓時愣住了，藍襪?!

沒錯，正是上次在火鍋店遇到的女孩藍襪，也是被崔涵薇一杯水澆壞的筆電主人。

「涵薇，商深，等急了吧？我剛才下樓去辦點事，路上耽誤了點時間。」藍襪衝賈小北點頭一笑，來到櫃檯裡面，抬腳踢了文盛西一腳，「沒你的地方了，出去。」

文盛西嘿嘿一笑，轉身來到外面。

「你是老板？」商深摸了摸後腦，納悶地道：「你也在中關村開店？」

「怎麼，不行嗎？」藍襪嫣然一笑，伸手一拉崔涵薇，招呼道：「走了，去吃飯。」

崔涵薇打趣道：「藍襪，你不知道，上次見了一面後，商深就對你念念不忘，他說幾個人當中，他對你印象最深刻。衛辛、徐一莫，包括我在內，他轉身就忘了，卻忘不了你一身的藍色和讓人沉醉的香氣……」

商深大汗，崔涵薇太會編排人了，他什麼時候說過對藍襪念念不忘了，真有她的，總不忘拿他尋開心。

藍襪卻沒有商深想像中的羞澀加不好意思，反倒大方地一笑，回頭看了商深一眼：「涵薇，你放心，我不會和你搶商深，你喜歡他就明說，不必用這種方式來掩飾你對他的好感。我可警告你，萬一你弄巧成拙，真的撮合了他和別人，你到時後悔都來不及。」

崔涵薇掩嘴一笑，挑釁地看了商深一眼：「我喜歡他怎麼了？他又不敢喜歡我。」

「誰喜歡誰的問題，以後再討論好不好？現在收攤去吃飯，我還有許多話要和商深說。」文盛西看不下去了，打斷崔涵薇和藍襪的話。

「你這人怎麼這麼不解風情？你以為所有人都和你一樣，腦子裡只有工作，只有事業，沒有私生活呀？」賈小北踢了文盛西一腳。

「也該吃飯了，走，既然遇上了，就一起吧。」雖然崔涵薇刻意保持低調，但崔家大小姐的身分還是讓她無形中成了核心人物。

「我知道有一個地方的東西很好吃，很有特色，走，我帶你們去。」藍襪直接鎖好櫃檯，在前面帶路，領眾人下樓。

「小北，你什麼時候出國？」

下樓時，崔涵薇和賈小北走在一起，商深就和文盛西落後一步，走在二人的身後。

「不出去了，已經定好在部委上班了。」賈小北說話的聲音柔柔的，「爸媽希望我留在身邊。我想了想也覺得出去沒什麼好，一個人在異地他鄉，未必過得比國內好，只是說出去好聽罷了。」

藍襪和崔涵薇走在前面，不時回頭看商深幾眼，眼中滿是疑問和好奇。

「涵薇，你和商深到底是什麼關係？別告訴我只是普通朋友，我還從來沒有見過你和任何一個異性的普通朋友走得這麼近，老實說，你和他是不是在談戀愛？」

藍襪正值妙齡時期，自然會對戀愛一類的事大感興趣，況且她本身對商深也微有幾分崇拜之意。

「沒有談戀愛，不過說是普通朋友，又比普通朋友關係親密一些……」崔涵薇攏頭一笑，「我是想和他合作事業，至於以後能不能在感情上有進展，就看緣分了。」

「商深人還不錯，雖然現在還看不出來以後會怎麼樣，但憑他的本事，應該不會差。就算成不了千萬富翁，身家百萬也不在話下，雖然配你是勉強了些，但只要你喜歡就好。兩個人在一起，圖的不是錢多錢少，而是彼此的心有默契，有共同話題，才是最幸福甜蜜的。」

藍襪再次回頭看了商深一眼，見商深正和文盛西聊得投機，眼中閃過一絲複雜的目光，「如果是我，喜歡一個人，我會給他我的一切，包括全世界，只要他想要，我會千方百計地給予。」

「我不會，我會讓他通過努力，通過實力得到他想要的一切，而不是平白地給予。給予只會讓他更懶惰更貪婪，不要以施捨的心態來經營愛情。」崔涵薇堅持她對愛情的看法，其實不只是對愛情，對任何人和事都是一樣。

「如果你真愛一個人愛到骨子裡，你就會不顧一切了。」

藍襪幽幽地說了句，嘆息一聲，忽然又興奮地說：「你真的要向我借錢？想好了？不後悔？」

崔涵薇笑著點了點頭。

「商深，你可能還不太瞭解我，我來簡單介紹一下我的經歷，雖然我的經歷也沒有什麼好介紹的，但肯定有助於你對我的瞭解。」

走在最後的文盛西興致勃勃地向商深介紹起自己，他和商深一見如故，簡單的交談後，他就決定要結交商深了。

「好。」商深也很欣賞文盛西的為人，覺得他在直爽中，又有一股說不出來的感染力。

走出中關村大廈，外面已經華燈初上了，夏天的黃昏別有一番情調，西方的天空飄浮著幾邊浮雲，有倦鳥歸巢，就如一幅優美的畫卷。天空還有一駕飛機飛過，拖著長長的尾巴，機翼被夕陽鍍上了一層金黃的光輝。

如果是在鄉村，應該可見炊煙嫋嫋的景象，只是在高樓大廈林立的城市，雖然多了繁華和喧囂，卻少了寧靜和本真。

「我出生在江蘇一個貧窮的小鎮，小鎮名字很大氣——來龍鎮。來龍鎮距離京杭運河很近，小時候我經常在運河裡釣魚……」

九二年，文盛西考入人大。上的是人大社會學系。大一時，為了掌握一門能唬住女生，贏得女生好感的技能，他自學了當時很時髦的電腦程式設計。結果很有程式設計天賦的他，居然利用他程式設計學來的知識加入一些資訊化項目，從中賺到了十多萬。

利用這些錢，他在人大附近盤下一個餐館。

接手前，餐館的老闆親自負責買菜和收銀，服務員月工資兩百元，大廚八百元，吃的是剩菜剩飯，住的是地下室。文盛西接手後，先是給每個員工都漲了一倍工資，然後又給他們租了更好的房子住。

因為他還在上學，沒時間經常來餐館，只能一週一次，就大權下放，允許他們自己買菜和收銀。

半年後，一對賬，文盛西發現餐館虧損了二十多萬。原來他信任員工，以為他真心對待他們，員工們就會同樣真心對待他，沒想到員工們頓頓大魚大肉，喝好酒，這還不算，採購和收銀還貪污舞弊。

賠了十幾萬塊後，文盛西關閉了餐館，第一次生意失敗給他留下慘痛的教訓，也為他以後的成長埋下了伏筆。

九六年的大年初一，文盛西獨自一人在北京過年，窮得身上只剩一塊錢，別說吃飯了，連公車都坐不起。但飯又不能不吃，沒辦法，他只好冒雪步行去朋友家裡蹭飯。

畢業後進入日企，不到兩年的時間內，他把幾乎所有的職務都輪流幹了一遍，積累了豐富的經驗。在面臨升遷時，他又跳出了日企，還完所有的負債後，用剩餘的兩萬塊租了一個攤位，開始擺攤生涯。

文盛西一路上說個不停，直到一行人坐在酒店包間裡，他的自我介紹還沒有結束。

「許多人不理解我為什麼放著好好的工作不幹，非要來中關村擺攤？其實我的想法很簡單，如果我一直在日企幹下去，明天和今天沒有什麼區別，頂多就是職務稍高一點，獎金稍多一些，還能有什麼改變？我不知道為什麼有那麼多白領在外企工作就覺得高人一等了，這有什麼了不起？頂多就是替外國人打工的打工仔而已，幹到天，也到不了最高管理層，永遠被外國人呼來喝去的。」

包間不小，足以容納十幾人，商深一人兩男三女坐下之後，十分寬敞。本來崔涵薇想和商深坐在一起，見文盛西拉住商深不放，就和藍襪坐到了對面。賈小北也和崔涵薇坐在一起，三人和商深、文盛西形成相對而坐的局面。

文盛西說得很投入忘我：

「從開餐館賠錢這件事情上，我總結出來一個道理，對員工絕對不能心軟，當然，也不是說要苛待員工，而是要有一個嚴格的制度，必須人人遵守，一旦犯錯，絕不輕饒。以後我再開公司的話，我一定會採取採購和銷售分開的模式，採購如果價格太高，銷售就有意見，這樣就可以做到互相監督和平衡。而且，我一定會嚴格禁止回扣和行賄，這是不容觸犯的天條，誰觸犯了，根據情節輕重，最低開除，甚至送進牢房，絕不手軟。採購如果被供應商拉去吃飯，需要得到上屬領導和再上一級領導的雙重批准才能赴宴，而且必須向公司報備，否則也會以貪污罪開除。」

商深也贊成一家公司必須要有嚴格的規章制度來約束員工的行為，正好他和崔涵薇正準備籌設自己的公司，既然文盛西談到管理問題，他也順勢說出了自己的想法：

「我覺得也不應鼓勵員工自己花錢請供應商吃飯。如果為了拿到更低的採購價格，私下用自己的錢請供應商吃飯，哪怕沒有貪污也沒有損害公司利益，卻不符合公平競爭的原則，也要開除處理。」

「說得好。」一見和商深談得來，文盛西更高興了，伸手打開一瓶啤酒，先為商深倒滿，「來，我們一見如故，先乾一杯。」

「好，乾杯。」兩人舉杯暢飲。

「接著說下去，說不定以後我真的成了大公司的CEO，需要學習所有先進的管理模式。」文盛西一抹嘴上的啤酒泡沫，笑道。

「重視公司的管理和文化才能更好地凝聚公司的向心力和戰鬥力，我有一個想法，也許不太成熟，但應該可行。」

商深結合自身的經歷和歷史上成功的管理經驗，說出他早就想到的一個辦法：「每年從應屆畢業的大學生中招聘一部分管理培訓生，可以稱之為管培生。都是工人和農民家庭出生，而且不能有工作經驗，這樣，他們就都是一張白紙，沒有太複雜的社會關係，也沒有被其他工作經歷所污染……」

本來三個女生在一旁竊竊私語，對商深和文盛西的對話不感興趣，不料等商深說起管理想法時，新穎的創意頓時吸引了三人的注意力，目光同時投向了商深。

「說下去。」

文盛西眼睛大亮，一時高興，自己喝了一大杯啤酒。

「管培生要自己親自領導和調教，調教後，成為各個部門的管理者。為了留住他們，必須要讓他們工資比普通員工高，而且還要有配股，他們可以直接向CEO彙報他們的所見所聞。管培生可以說就是以前君王身旁的錦衣衛，絕對忠誠於CEO，忠誠於公司。」商深笑道：「雖說手法似乎不太光明正大，但從管理學的角度來說，為了公司有一個良性的發展模式，必須要有一套行之有效的管理方法。」

「錦衣衛？不錯，真不錯。」

文盛西拍桌子叫好，商深的想法就如一道閃電，點亮了他內心一直期待的暴風雨，「我一直苦思怎樣才能培養一支完全忠誠於公司的隊伍，怎麼也沒有想到一個好辦法，你的創意太好了，商深，我拿走啦，以後如果用在我未來的公司管理上，你可不要向我索取版權費啊，哈哈。」

「無償贈送，免費使用。」商深也哈哈大笑，一拍文盛西的肩膀，「文哥，你有什麼管理上的想法，也拿出來分享一下，互聯網時代就是一個分享共贏的時代。」

「沒問題。」文盛西興致所致，索性挽起袖子，豪邁地侃侃而談起來：

「對我來說，員工可以分成五大類。第一類是廢鐵，能力不行，價值觀也有問題，這類人不能要，要了是禍害。第二類是鐵，價值觀正確，但能力一般，這類人可以進行培訓，如果還煉不成鋼就辭退。第三類是鋼，能力強，價值觀也沒問題，這些人必須占到公司人數的八成，公司的基礎才會牢固。第四類是金子，能力出眾，價值觀高人一等，這類人要占到公司人數的二成，算是公司的核心和支柱。第五類是鐵銹，能力很強，但價值觀不正確，人品有問題。鐵銹員工一旦發現必須堅決清除，否則這種員工多了，公司必然會被拖垮。」

「啪啪啪！」

文盛西的話引來了鼓掌聲，是崔涵薇和藍襪。

「為誰鼓掌？」文盛西笑問，「是為我還是為商深？」

「都有。」

崔涵薇抿嘴一笑，卻是真心佩服商深和文盛西的一番對話，彷彿是兩大管理高手在交流管理心得一般，只是，商深現在是無業遊民，沒有任何管理經驗，而文盛西則是中關村一個小店的店主，校長兼敲鐘，總經理、採購、銷售、出納兼會計和打雜，全是他一個人。但這兩個幾乎什麼都沒有的人，談論起管理方法來卻頭頭是道，更讓人驚訝的是，一點也不讓人覺得是在吹牛皮說大話，反而覺得兩人的話很有道理。

平心而論，崔涵薇因為賈小北的原因，對文盛西多少有幾分成見，覺得文盛西太不安分，而且做事過於衝動，但今天她改變了對文盛西的看法，在表面的不安分下，文盛西其實隱藏了一顆不甘平庸的上進心。

世界上從來不缺少無能的男人，缺少的是如商深和文盛西一樣敢於打破鐵飯碗、願意置身到時代洪流，以敢為天下先的勇氣傲立潮頭，哪怕摔得粉身碎骨也不悔的創業者。

國外有比爾・蓋茲、賈伯斯，國內有馬朵、張向西、向落、王陽朝等人，就和以前歷史巨變來臨前一樣，總有一些有先見之明的人會走到時代的前端。

商深和文盛西與馬朵等人相比，雖然沒有走在最前列，但也算是恰逢其時，趕上了最好的時機，崔涵薇相信，商深再進一步的話，就可以和馬朵等人站在一起，不，甚至會超越他們，成為最前排的頭號人物。

「吃飯吧，飯菜都涼了。」

幾人都很興奮，除了賈小北之外。她雖然和崔涵薇、藍襪坐在一起，卻心不在焉，明顯心思在別處，她漫不經心地看了幾人一眼，最後目光落在意氣風發的文盛西身上。

「盛西，趕緊吃，吃完飯，我還有事情要和你談。」

「好，吃飯，吃飯。」

藍襪知道崔涵薇也有事要和她談，但意外多了文盛西和賈小北，就不適合談正事了。幾人不再高談闊論，開始埋頭吃飯。

「盛西，來，我們碰一杯。」文盛西才吃了幾口飯，賈小北就舉起酒杯向他示意，「乾了。」

賈小北酒量很小，文盛西想要阻止賈小北，不料賈小北不等他有所反應，已經一口喝光。

「小北……」文盛西想說什麼。

「不喝是吧？」賈小北不給文盛西說話的機會，又倒了一杯酒，一飲而盡，「盛西，第二杯了。」

「你這是幹什麼，小北！」崔涵薇要搶賈小北的酒瓶。

「你別管我，薇薇，你就讓我任性一次。」

賈小北推開崔涵薇，又倒上第三杯，「盛西，第三杯了，以前你總怪我不陪你喝酒，好，現在我就好好地陪你喝一次。」

喝完第三杯酒，賈小北已經醉眼迷離了，她重重地一放酒杯，聲音悲愴而無奈：「盛西，我們家三代從政，爸媽本來就反對我們在一起，你畢業後進了日企，他們覺得你還算有出息，才對你印象改觀一些，你卻跑到中關村擺攤，他們受不了你每天在發傳單和在電線桿上貼廣告的生活狀態。我想問你，你真想就這樣下去？在中關村擺個小攤賣這些亂七八糟的東西？一輩子就這麼點出息？」

文盛西悶著頭不說話，拿起酒瓶，對著酒瓶一口氣喝乾。

「小北，我知道你爸媽一直看不起我，你也對我有意見，我不希望你多支持我，我只希望你能理解我，並且給我時間，總有一天，我會讓你看到一個成功的我，一個與眾不同的我。」文盛西一臉堅毅地說。

「總有一天？總有一天是多久？你不要再自欺欺人了，在中關村擺攤的多了去了，有幾個可以走出中關村幹出一番大事業的？不要再不切實際了，我今天就是要和你說個明白，你是不是真的不回頭了？」

賈小北站了起來，俯視著文盛西。

第五章

騰飛之年

「來，一九九八年的開始，讓我們舉杯慶祝一個全新時代的到來。」商深舉杯。

「舉杯。」馬化龍第一個回應，舉起一杯可樂，

「我相信，如果一九九七年是中國互聯網元年的話，

那麼九八年會是中國互聯網的騰飛之年。」

文盛西沉默了一會兒，慢慢地端起一杯酒，和商深碰了碰杯：「兄弟，陪我喝一杯。」

商深點點頭，喝乾了杯中酒。

「你說句話？」文盛西將難題拋給商深。

「我剛從深圳回來，去深圳的目的，一是為了到改革開放的窗口走一走看一看，二是見女朋友的爸媽。本來我以為會在深圳待一段時間，但只有兩天就回來了。」商深低下頭，「因為女朋友的爸媽嫌我一沒出身二沒前景，覺得我沒有什麼成功的希望。」

「明白了。」文盛西若有所思地點點頭，抬頭看向賈小北，「小北，我會不回頭了。」

「好！」賈小北一咬牙，眼中淚花閃動，「我們就到此為止！」

「我同意。」文盛西也沒挽留。

賈小北沒再說什麼，眼淚奪眶而出，怔怔地看了文盛西片刻，推門出去。藍襪起身去追，追到門口卻又站住了，賈小北的身影已經消失在轉彎處，不見了蹤影。

沒想到今天和文盛西不期而遇，更沒想到還遇到文盛西和賈小北的分手，商深一時感慨萬千，不知道該說些什麼。

「不好意思，我的個人私事影響了你們吃飯的心情，哈哈，我賠罪，自罰三杯。」文盛西不由分說端起酒杯，一口喝完三杯，然後一拍商深的肩膀，「兄弟，我先走了，後會有期。相信總有一天，我們兄弟會是叱吒風雲的人物！」

「別管他們，來，邊吃邊聊。」

藍襪笑盈盈地招呼崔涵薇和商深，絲毫沒有被文盛西和賈小北的分手而影響心情，「其實他們分了也好，強在一起，反而害了彼此。男人想要成就一番事業，要麼背後有一個支持他的女人，要麼背後索性沒有女人。如果有一個總扯後腿的女人，還不如不要。」

「你到底站在哪一邊啊？」商深笑問。

「我中立。」藍襪舉起雙手，燦然一笑，夾了一口菜放在嘴裡，「說吧涵薇，現在沒外人了，你想借多少？」

崔涵薇是要向藍襪借錢？商深驚呆了，記得上次見面時，藍襪說她是設計師，好吧，不管是設計師還是店主，哪種身分都不像是能借錢給崔涵薇開公司的樣子。

「本來我想借五百萬，想了想，公司開始的前期，估計三百萬就夠了。」崔涵薇想了想說。

「好，三百萬就三百萬，什麼時候要？」藍襪的口氣好像崔涵薇借的是三百塊一樣。

「越快越好。」

「一周內。」藍襪又夾了口青菜，慢條斯理地咀嚼了幾下，「不過我有一個條件。」

「說吧。」崔涵薇笑了。

「我要求入股。」

「沒問題。」崔涵薇不假思索就答應了，「你呢商深？」

商深自然沒有意見，現在是資本為王的時代。

「慶祝我們的合作成功，乾杯！」崔涵薇提議，商深和藍襪一起舉起了酒杯。

三人的酒杯輕輕地碰在了一起，一個歷史時刻就此定格。

若干年後藍襪回憶起當時借給崔涵薇三百萬的決定，無比慶幸自己的英明。也不知道是因為看好崔涵薇的能力還是更看好商深的本事，反正當她聽崔涵薇要和商深一起合開公司時，她幾乎沒有猶豫就答應了。

或許是商深當時搶救她的電腦時為她留下太過深刻的印象，以至於在她心中，只要商深加入，只要公司是從事ＩＴ行業，就一定會大有前景。

回到京北花園的家中，商深還是沒能按捺住好奇之心，對送他回家的崔涵薇問出了口。

「藍襪到底是什麼來頭？」

「不告訴你。」崔涵薇甜甜地說，「接下來你就開始準備前期工作吧，選址、註冊以及開辦公司的其他事宜，都由我來處理。」

「好吧，不說就不說。」商深沒再多問，「前期工作其實已經準備就緒了，你以為我一直閒著啊？我改寫的ＩＣＱ差不多要完成了。」

「真的？」崔涵薇一臉驚喜，抓住商深的胳膊，「快打開讓我看看。」

「不讓你看。」商深有樣學樣。

「切！小氣。」崔涵薇白了商深一眼，又想起什麼，說：「接下來這段時間我要忙了，就不過來看你了，你自己照顧好自己啊，別弄得亂七八糟跟難民一樣。就這麼說定了，走啦。」

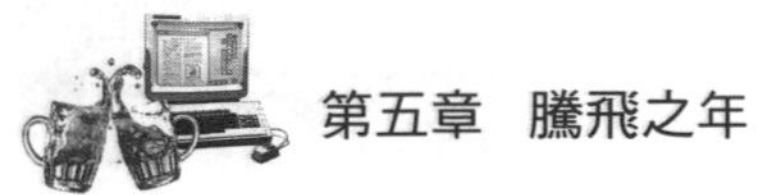

一切開始步入正規，商深因為范衛衛提出分手而帶來的壞心情，多少也舒展了幾分。

原以為公司會在一個月內成立，不料事情比想像中難辦一些，足足拖了四個月才完成公司的註冊。

如果站在歷史的角度來看，崔涵薇和商深的公司總算趕上了中國互聯網元年的尾巴，正式成立了。當然，許多在以後縱橫天下的互聯網巨頭公司還沒有出現，中國的互聯網格局才剛剛進入群雄四起的第一階段，距離奠定今後格局的三大帝王七大諸侯的版圖之時，還有相當長的一段距離要走。

四個月內，ＩＴ業發生了許多足以載進歷史的大事。先是一九九七年九月，張向西用八達利方百分之四十的股權換來了來自美國的六百五十萬美元的投資，許多年後，人們將這種股權交換投資的方式叫「風險投資」。並且人們發現，風投在高新技術產業化中的強大驅動作用。

十月，八達利方論壇的體育論壇上出現一篇著名的帖子《大連金州不相信眼淚》。作者叫老榕，這是一篇足球博文。貼出短短四十八小時後，點擊量就達到數萬人次觀賞。此事使人們第一次深刻地感受到論壇的力量和影響，老榕也因此成為第一個因為互聯網走紅的網紅！

十一月七日，新華通訊社網站正式上線，是為新華網的前身。

至此，如果再算上一九九七年一月一日成立的人民網，以及一月王陽朝在北京成立的愛特信網站，六月向落在廣州成立的絡容網站，張向西正在醞釀中的興潮網，三大門戶網站幾乎同時出現。

作為中國互聯網元年，一九九七年雖然是迷霧籠罩的年代，但一批極具影響力的互聯網公司的出現，讓迷茫的年代成為了激動人心的年代。只不過此時的商深還不知道他正在經歷怎樣一個風雲際會的歷史時期！

一九九八年新年的鐘聲敲響之時，商深和馬朵、崔涵薇、藍襪、徐一莫、衛辛、歷江以及馬化龍、王向西、文盛西、仇群等人在位於京北花園的房子，共同舉杯慶祝新的一年的到來。

可以說，商深認識的互聯網圈內的同行以及北京的朋友都到齊了，就連馬化龍和王向西也專程從深圳趕來，就是為了和商深面談重大事宜。

幾個月來，商深在北京度過了一段難忘的時光，雖然范衛衛從此再無音訊，徹底消失在他的世界之外，葉十三也再無消息，他也沒有向馬朵問起葉十三。

他有太多的事情要忙，除了和王向西保持聯繫，交流改寫ＩＣＱ的心得外，他還和歷隊一起進一步完善了歷隊在他的三六五清理軟體基礎上改寫的七二四軟體。七二四的意思是一周七天，一天廿四小時，全天候無公休地保護你的電腦。

商深忙得不可開交，也忙得充實而知足，暢游在網路的海洋中，並且時刻接觸和瞭解到互聯網的最新消息，讓他感覺和整個世界都拉近了距離。

除此之外，商深在張向西和仇群的邀請下，再次為八達解決了一些技術上的難題，同時還介入八達新網站的架設中。雖然他還沒有明確同意加盟張向西的興潮網，但由於他在興潮網的架設中起到的不可或缺的重要作用，張向西已經告訴商深，他會給他興潮網的原始股份。

同時，商深還忙裡偷閒，不時到中關村的北西多媒體櫃檯和文盛西暢談未來。商深很喜歡中關村的氛圍，雖然現在文盛西的櫃檯很小，但空間的狹小阻擋不了他的無限嚮往，商深堅信總有一天，文盛西會從小小的櫃檯中脫困而出，擁有屬於自己的廣闊天地。

在去深圳前，商深答應歷江要為他找個電腦高手，替歷江的姐姐解決電腦問題。從深圳回來之後不久，歷江就找到他，說姐姐家的電腦又出問題了。商深當仁不讓地親自出馬，三下五除二就替歷江姐姐歷海解決了電腦的所有故障問題。

歷江差點驚掉下巴，這才知道傳聞中的電腦高手就是商深，喜出望外，在姐姐面前大大吹噓了一番。

歷江的姐姐歷海長得也是風情萬種。今年三十歲，與老公離異，獨自帶著一個五歲的男孩生活，男孩叫歷洋，是個中英混血兒，很是可愛。

也不知是商深看上去比較憨厚老實，還是商深人英俊的緣故，歷洋很喜歡商深，只要商深一出現就追著商深喊哥哥。每次他喊哥哥，歷海就都糾正他要喊叔叔。

歷海對商深也是青睞有加，不時有意無意向商深暗示要常來家裡玩，說她家的大門隨時為商深敞開。得知商深一個人在北京時，歷海對商深就更關心了，噓寒問暖不說，還為商深買了許多東西，包括衣服以及各種生活用品，商深哭笑不得，有心拒絕，卻又被歷海的堅決態度頂了回來，只好無奈地收下了。

歷江也察覺到了姐姐對商深的好感，對商深說道：「我姐年輕的時候什麼都不懂，愛上了一個老外，不顧全家人的反對非要和他結婚。結婚後，文化的衝突、生活習慣的分歧接踵而至，結果才結婚一年就離婚了。離婚後，我姐心灰意冷，一直單身，我也給她介紹了幾個，她都不滿意，她說如果遇不到好的合適的，她寧願一個人過。」

「兄弟，我姐好像真的看上你了，她雖然比你大了幾歲，也不如崔大小姐漂亮有氣質，但她成熟又有風韻，你如果也喜歡她，我倒不在乎你當我姐夫……」

商深被歷江的口無遮攔驚呆了，委婉地拒絕了歷江的好意，「瞎說什麼？你姐就是我姐，我從小就沒有姐姐，現在有一個比親姐姐還親的姐姐，好不容易有家的感覺。你別破壞我對姐姐的美好嚮往。」

歷江聽出商深的意思，無可奈何地搖搖頭：「其實我是不贊成我姐去給人當小三的，不過如果她實在是喜歡你，你又娶不了她，你跟她愛怎麼著就怎麼著吧，我替你們掩護。」

商深大汗，有這樣當弟弟的嗎？他只好再次堅定地表明立場：「歷哥，你再這樣，我就沒法和你愉快地聊天了。」

歷江嘿嘿一笑，終於不談這件事了。

雖然近幾個月來，商深的交際圈子不斷擴大，但和認識最早的馬朵卻很少見面，原因在於馬朵最近一直很忙，無暇分身。

馬朵在忙什麼，雖然他沒說，商深大概也能猜出一二。中國黃頁是自己的網站，他可以按照自己的思路去運作，但和外經貿部合作就不一樣了，外經貿部畢竟是政府機關，不管什麼事都會考慮到政策層面以及外界的解讀，凡事一板一眼，而向來喜歡天馬行空風格的馬朵在條條框框的約束下，肯定不會那麼開心。

這幾個月的生活，商深感覺比他在北京上四年大學的生活還要充實，元旦聚會的提議最先由徐一莫發起，商深和崔涵薇都表示同意，二人分別呼朋喚友，結果本來只是一個小型的聚會，卻來了一群人。

「來，為了一九九八年的開始，讓我們共同舉杯，慶祝一個全新時代的到來。」商深舉杯。

「舉杯。」馬化龍第一個回應，舉起一杯可樂，「我和向西的公司今年也會正式成立，名字叫深圳企鵝電腦系統有限公司，我相信，如果一九九七年是中國互聯網元年的話，那麼九八年會是中國互聯網的騰飛之年。」

「恭喜化龍。」馬朵也舉起酒杯，他的酒杯中是啤酒，「我希望化龍堅持自己的道路，不要受制於人，就算有外資，也一定要堅持控股或是投票權。你想做什麼就做什麼，才能達到你想要的最大的成功。也許不用多久，我就會離開北京回杭州，重新創業了。」

馬朵的話進一步證實了商深的猜測——馬朵在北京過得並不舒暢。不過，相信北京的經歷，會成為馬朵職業生涯中一段難忘並且彌足珍貴的經歷。

文盛西第三個舉起酒杯，他喝的是白酒：

「明天怎麼樣，我不知道，也不想去描述未來。不過我知道，明天一定會比今天美好。付出了，未必會有回報，但想要回報，卻必須要先付出。來，祝福大家在新的一年裡，人人都過上想要的生活，也希望我的小店在今年可以開第一家分店。」

雖然文盛西也是ＩＴ行業從事者，但嚴格意義上講，他和商深、馬化龍、馬朵並非同路人，他對互聯網的前景持懷疑態度，雖不十分樂觀，也不十分悲觀。只賣電子產品的他倒是和馬朵有相似之處，二人很談得來。

歷隊第四個舉起酒杯，他的酒杯中是茶水：

「有人說軟體改變世界，有人說互聯網改變世界，要我說，不管是軟體還是互聯網改變世界，歸根結底還是硬體改變世界。如果沒有硬體的橋樑作用，軟體無法運行，互聯網無法溝通，所以未來必將是電腦和手機改變世界的趨勢。但話又說回來了，如果沒有應有軟體的推動，我們每天打開電腦也沒什麼意思；如果沒有互聯網的連通，電腦只是一個封閉的終端，所以說，最終改變世界的將會是終端加軟體加互聯網。九八年會是一個轉折之年，肯定會有許多重大事件發生。」

歷隊的話引起了商深的共鳴，他也一口喝乾了杯中酒，放下杯子說道：「硬體、軟體和互聯網，三者缺一不可，以後如果哪一家既提供互聯網服務，又生產硬體並且擁有自己的作業系統，那麼就會成為擁有獨立生態系統的龐然大物，說不定會一統世界。」

馬化龍接著說道：「商深提出的生態系統的說法很有創意，也很激動人心，畢竟現在可以提供作業系統的廠家只有微軟和蘋果，而蘋果此時正處於恢復期，才迎回賈伯斯的蘋果以後是不是可以重塑輝煌還在未知，而國內雖然表面上風起雲湧，對互聯網浪潮的來臨一片歡呼之聲，但我們也要冷靜地看到瀛海威的沒落……」

馬化龍的話就如窗外隆冬的凜冽寒風，吹進了暖氣融融的房間，讓人燥熱的身心為之一涼。

瀛海威的崛起和迅速衰落，確實為中國互聯網的發展上演了生動而殘酷的一課。

一九九七年二月，瀛海威全國大網開通，三個月內八個城市分站開設，前景一片大好。同年四月，相傳有國際風險投資基金願意參股瀛海威，但最後因政策限制而作罷。六月，郵電投資七十億的全國多媒體通信網啟動，瀛海威受到明顯衝擊。在新形勢下，八月，瀛海威主動提出轉型，以迎接挑戰，從「百姓網」向金融服務方向轉型。

到了一九九七年底，絡容、八達利方論壇以及愛特信的崛起，對瀛海威形成直接而強有力的挑戰。瀛海威的訪問量繼續下降，九七年瀛海威的全年收入為九百六十三萬元，然而僅廣告宣傳費即為三千萬。

十二月，由於金融危機，中策公司終止參股瀛海威的想法，陷入資金緊缺的瀛海威開始收縮戰線，前途一片黯淡。

馬化龍的話說完，房間內一片沉默，都陷入思索之中。

「商深，你怎麼看待互聯網的前景？」

過了一會兒，馬朵打破沉默，將難題拋給商深。

「一個瀛海威的失敗不能說明全部，因為瀛海威的失敗是因為盲目擴張的戰略性失誤，一個瀛海威倒下，又有無數個網站起來，所以，我仍然認為中國互聯網的前景不但一片大好，而且還會是花團錦簇。」

商深知道馬化龍並非有意故意打擊眾人，而是想讓大家冷靜理智地思索未來，如果說馬化龍扮演的是讓人放慢腳步的角色，那麼他就是鼓舞人心的吹鼓手，一個團隊既需要敲警鐘的人，也需要敲鑼打鼓的人。

「現在已經確認的收購是，一九九六年七月開始運作的Hotmail，於一九九七年被微軟以四億美元收購，Hotmail是一家成立不到兩年、員工僅有廿六人，提供免費郵件業務的小公司。」

「另外，綜合各方消息可以確認的是，美國線上公司已經向ＩＣＱ報出二點八七億美元擬收購ＩＣＱ，如果不出意外的話，這是繼微軟對Hotmail的收購後又一個驚人的收購案例，說明互聯網浪潮還在以勢不可擋之勢席捲世界，並且一步步滲透到我們生活的各方面。」

「商深說得對，時代還在前進，潮流還在洶湧，前景十分光明。」

歷隊搶先回應了商深的說法，「從電子產品的銷售越來越好，就足以說明電腦和電子產品普及的速度在加快，盛西，你在中關村，直接接觸終端的消費者，你最有發言權。」

文盛西接過話頭：「確實比以前出貨量更大了，電子產品的價格也呈現下降的趨勢，但有一點，利潤不如以前。如果只判斷電子產品的普及，確實速度加快了。如果以前一百個人裡面才有一台電腦，那麼現在我估計差不多一百個人裡面至少有兩三台了。」

「不止吧?!」藍襪坐在旁邊半晌沒有說話，靜靜聆聽商深幾人的高談闊論，忍不住插了嘴，「我身邊的人，差不多每個都有電腦、手機了。」

「你的朋友不具備代表性。」徐一莫忍不住笑道：「普及是說一般的大眾消費者，不是和你一樣的富家小姐。」

「誰是富家小姐啦？我只是個在中關村開店的普通設計師。」藍襪不滿地瞪了徐一莫一眼，又意味深長地笑說：「一莫，要不要跟著我混？保你榮華富貴。」

「不要，不要。」徐一莫連連擺手，一臉惶恐的樣子，好像藍襪是個吃人怪獸一樣，「求求你饒了我吧，我就算跟著商深混，也絕不跟你。」

「我難道比商深還危險？」藍襪媚眼如絲，朝徐一莫悄然一飛，「你別是看上商深了吧？」

「喂，飯不能亂吃，話不能亂說。」徐一莫斜了商深和崔涵薇一眼，見二人無動於衷，才稍微放下心來，「你難道沒有看出來商深已經從了薇薇？你再亂點鴛鴦譜，小心薇薇和你絕交。」

近幾個月來，商深幾乎沒見過徐一莫，自從上次的深圳事件後，他總擔心徐一莫想起什麼，再和他面對時會尷尬。還好徐一莫忙於學業，一直沒出現在他的視線中。

其實徐一莫和范衛衛一樣，已經大四，基本上不用每天上課了。至於徐一莫到底在忙些什麼，商深沒有多問，崔涵薇也沒有說，他就知道崔涵薇和他一樣，都在竭力避免提及在深圳時的意外。

不過該相遇的人總會相遇，元旦聚會徐一莫出現了。幾個月不見，她稍微豐腴了幾分，穿著套頭毛衣加牛仔褲的她，依然清晰可見傲人的健美身材，圓臀長腿細腰，一站秒殺走秀臺上許多模特兒。

「你們鬥嘴別扯上我。」崔涵薇瞄了商深一眼，心中喟嘆一聲，都半年過去了，商深還是沒有忘了范衛衛，對她依然只談事業不談感情，難道她對商深真的沒有吸引力？

不過又一想，商深越是專情，她對商深越是敬重，如果商深轉眼就忘了范衛衛和她在一起，她也不會高興。一個可以轉眼忘了前女友的男人，也會

在另一個路口轉身丟了你。

加油崔涵薇，你一定可以拿下商深，讓他從此永遠跟隨在你的身邊，陪你天涯海角，崔涵薇默默為自己打氣。

「商深，等以後你成了大人物，別忘了兄弟我。」歷江滿滿乾了一大杯後，站了起來，朝崔涵薇行了一個禮，「弟妹，上次的事不好意思，我不是有意調戲你，是你長得太漂亮了。其實我不是什麼壞人，頂多就是嘴上壞一點兒，要說什麼壞事還真沒幹過。在我管的一畝三分地上，如果真有什麼難事，你大可來找我。話不多說，我自罰三杯。」

「一邊去，誰是你弟妹啊，滿嘴胡說。」崔涵薇臉紅了，嘴上罵著，心裡卻甘之若飴。

「你不是弟妹，難道徐一莫是？」歷江是什麼人，見多了形形色色的人，一眼就看出崔涵薇對商深的情意。

「其實要我說，徐一莫才最配我兄弟。徐一莫身材最好，又最健美，還有，徐一莫不是大戶人家的女兒，沒有大小姐常見的公主病，性格又開朗，嫁給商深，郎才女貌，天作之合。」

崔涵薇臉色微微一變，強作鎮靜。

馬朵、馬化騰、文盛西以及王向西幾人相視一笑，都擺出隔岸觀火的姿態，誰也不肯出面拯救商深於水火之中。

「為什麼是徐一莫最配商深而不是我？」

沒有想到，拯救商深的不是藍襪，也不是商深自己，而是一直躲在角落裡的衛辛。

衛辛自從來了之後，只和商深打了個招呼，就坐在角落裡，誰也不理，彷彿和熱火朝天的聚會氛圍格格不入一般，誰也沒有注意到她的存在。

正是因為大家幾乎遺忘她了，她的突然發言才語驚四座，頓時震驚了所有人。

歷江瞇起眼打量衛辛一眼，頓時心中一跳，怎麼沒注意到還有這樣一個美女，真是天大的失誤。

「因為……」歷江見獵心喜，湊到衛辛面前，哈哈一笑，「因為你最配的人是我。」

「我才不喜歡你，我喜歡的是商深。」衛辛回敬歷江一個大大的白眼，毫不客氣地打擊他的自信，「一看就知道你一沒錢二沒權三沒明天，你這樣一個三無人員，還想談戀愛，不如去做夢。」

如果換了是徐一莫，她的話如此犀利直接，會令人很反感，但衛辛微有沙啞的嗓音，加上說話時語速又慢，諷刺效果就大打了折扣，讓衛辛的一番嘲諷聽上去不但沒有絲毫威力可言，反倒如撒嬌一般。

歷江以前也交過一個女朋友，後來因為個性不和吹了，單身的他認為自己再也遇不到讓他心動的女孩了，不想今天一下被衛辛的話洞穿了心臟。他捂著胸口一臉痛苦地倒了下來，倒在衛辛的面前。

歷江的舉動嚇得衛辛花容失色，她鼓足勇氣說出她最配商深的話，沒想到她精心準備的出擊被歷江打亂了步伐。眼見歷江痛苦的表情就如痛不欲生一般，她也慌了，伸手一拉歷江：「你怎麼了？」

「我被你的美麗灼痛了雙眼，被你的聲音洞穿了心臟，我想我對你一見鍾情，我愛上你了……」

歷江見他的計謀得逞，心中暗喜，不顧眾人在場，當即向衛辛表白。

「哄！」眾人一齊大笑。

衛辛卻沒有如眾人猜測一樣紅了臉，而是一臉漠然，淡淡地搖搖頭：

「你愛上我也沒有用，因為我不喜歡你。」

「我不用你現在就喜歡我，我相信，總有一天你一定會喜歡上我，我有信心也有耐心。」

歷江從地上跳了起來，他在社會上混久了，臉皮其厚如牆，眾目睽睽下，別說臉紅，連一點不好意思也沒有。

衛辛掩嘴笑了：「你可真有意思，好吧，如果你真有本事，三年內能賺到五百萬，我也許就會喜歡上你。」

「三年五百萬，好，一言為定。」

歷江知道衛辛並不是真的愛財，只不過是想找個高難度的任務嚇跑他，讓他知難而退，偏偏他是個不信邪的人，宣誓道：

「大家都聽到了，三年五百萬，你們都為我作證，三年後如果我有了五百萬，衛辛，你一定要嫁給我。」

衛辛看似外表柔弱，其實內心很有主見，三年五百萬對大多數人來說是不可能的任務，除非有奇蹟出現，於是把心一橫：

「好吧，如果你三年後真能賺到五百萬，我就嫁給你。」

「好耶！」文盛西帶頭鼓掌叫好，在愛情上受過傷害的他，很樂意看到別人在愛情上的收穫。

馬朵笑而不語，已經結婚的他對這一類的事只有旁觀的樂趣而沒有參與的興趣。馬化龍也是只是搖頭一笑，只當歷江的表演是多增加一筆談資。

崔涵薇和徐一莫、藍襪對視一眼，三人面面相覷，不明白衛辛怎麼突然和歷江打起了賭注，婚姻大事可不是兒戲，怎麼能以打賭的方式決定？不過想到三年五百萬的賭注，就想衛辛肯定是在刁難歷江。

歷江卻沒想那麼多，他是個簡單的人，把難題交給了商深：「好兄弟，快幫我想個賺錢的辦法吧，怎麼樣在三年內賺到五百萬。」

眾人大跌眼鏡，還有這樣不靠譜的人，這邊隨口答應別人三年要賺到五百萬，轉身卻去問另一個人要如何賺到五百萬，太搞笑太滑稽了吧？

更讓眾人目瞪口呆的是，商深並沒有嘲笑歷江和衛辛的打賭，也沒有嘲諷歷江的癡心妄想，反而很嚴肅很認真地問道：「你現在有多少錢？」

歷江歪頭想了想，又扳了扳手指頭：「大概不到五萬塊。」

以歷江的年齡和工作年資，加上他的工作性質，能存下將近五萬也算了不得的成績了，商深點點頭，轉身問馬化龍：「化龍，你的公司還有缺資金吧？如果歷江投資五萬，你算他多少股份？」

馬化龍沒想到商深將球踢到他的腳下，不過此舉對他來說是好事，創業初期，他太缺資金了，回道：「百分之五。」

「好。」商深轉身對歷江說：「把你的五萬塊交給小馬哥，保證你三年後升值到五百萬。」

「三年升值一百倍？兄弟，你可別唬我。五萬塊打了水漂沒什麼，大不了再賺就是了，可是如果沒有五百萬就等於沒有了衛辛，她可是比五百萬值錢多了。」

歷江目光不停地在衛辛身上轉上轉去。

「信我你就投資，不信就算啦。」商深笑了笑，「我也會入股小馬哥的公司。」

「信，不信是王八蛋！」歷江一聽商深也要入股，當即下了決心，「你是我兄弟，我不信你信誰？就這麼說定了，我跟定你了。你吃肉我喝湯，你賠本我賠光。」

眾人又是一陣大笑。

衛辛咬著手指，目不轉睛地盯著商深，半晌才說：「商深，你到底是真心想幫歷江，還是有別的目的？」

「我想幫所有人。」商深認真地回應道，他的眼神清澈，沒有雜念，「也只有我幫了所有人，對所有人都有用，所有人才會對我充滿善意。」

「這句話說得好。」馬朵興奮地一拍商深的肩膀，「就和做網站一樣，你的網站讓別人喜歡了，對別人有用了，別人才會上你的網站。喜歡的人多了，你的網站才會成功。不管是網站還是軟體，都是同樣的道理，只有做到設身處地地替別人著想，別人才會喜歡你的網站，你的產品。

「ＩＣＱ為什麼能成功？原因很簡單，電子郵件不能滿足人們在網上交流通話的迫切，有許多電子郵件被當成了垃圾郵件而沒有被發現，於是幾個年輕的大學生畢業後正好無事可做，就想能不能設計一個軟體，可以方便地隨時線上呼叫好友。三個人一拍即合，用了幾個月的時間就寫出了ＩＣＱ，一經推出立刻大受歡迎。所以說，一定要明確自己想要做的是什麼，能為別人做些什麼？只要你真正考慮到了別人的需求，你的網站也好，軟體也好，才能更好適應市場。」

馬朵又一次充分展現出他天才演講家的一面：

「永遠不要跟別人比幸運，我從來沒想過我比別人幸運，我也許比他們更有毅力，在最困難的時候，他們熬不住了，我可以多熬一秒鐘、兩秒鐘。對所有創業者來說，永遠告訴自己一句話：從創業的第一天起，你每天要面對的是困難和失敗，而不是成功。我最困難的時候還沒有到，但那一天一定會到。困難是不能躲避的，也不能讓別人替你去扛，任何困難都必須你自己去面對……」

友情股份

商深笑說：「我要你什麼原始股？
別鬧了，我只要你當一輩子的朋友就夠了。」
文盛西哈哈大笑，「兄弟，從現在起，我是你永遠的朋友，
你不在我的公司擁有股份，但你永遠在我的友情裡擁有股份，永不過期。」

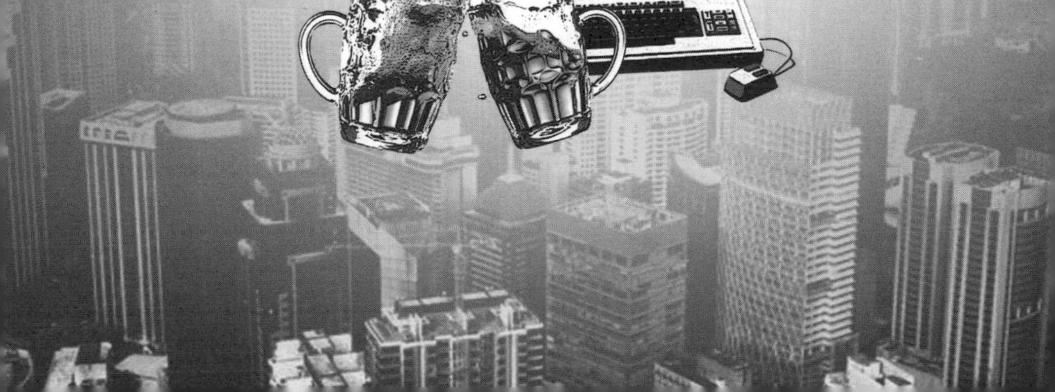

馬朵的話激發了眾人熱烈的掌聲。

在掌聲中，仇群感慨萬千。商深從一個初出茅廬的青蔥青年成長到今天初見氣象的成熟青年，只用了短短半年的時間。

半年來，商深經歷戀愛和失戀，認識了馬朵、馬化龍、王向西等一群志同道合的朋友，雖然還沒有真正的邁向成功大道，但在他看來，商深距離成功已經不過是咫尺之遙了。

尤其是他剛才從容地為馬化龍拉了幾萬元的投資，雖然錢不多，但對於急需資金的馬化龍來說是雪中送炭。

歷來錦上添花易，雪中送炭難，商深此舉，不但深得馬化龍的感激，也讓他和馬化龍的個人情誼更進了一步，同時，還讓歷江也正式加入到他的陣營之中。

誰說商深憨厚？沒錯，商深是憨厚，他的聰明之處在於不遺餘力地幫助別人，但相應的，他會收穫到別人全心全意的情誼和真心的回報，比起精明的算計和斤斤計較，他不但收穫更多，而且還能同時得到友情和感激。

和有限的金錢相比，友情和感激才是無價之寶。

他以前認為商深能夠成功是因為在程式設計上的天賦，現在他改變了看法，僅僅依靠程式設計的天賦，商深充其量只是個技術高手，只是一個器皿，器皿的容量有限。

但現在他發現了商深更值得信賴的一面——人品。不管是哪個行業，也不管是何時何地，人品永遠是做人的最高學歷，最高水準。

「商深，張總最近一直忙著融資和新網站上線的事，沒有時間和你坐下來深談，不過他的想法不變，希望你能正式加盟即將上線的興潮網。」仇群感慨之餘，再次向商深發出了邀請。

「不好意思，仇總，我和商深合開的施得電腦有限公司已經正式成立了，辦公地點就在誠鑄大廈，歡迎仇總隨時參觀指導。」崔涵薇及時出面了，她一攏頭髮，優雅一笑，潔白的高領毛衣襯托得她愈加端莊高貴，由於房間暖氣太熱的緣故，她的鼻尖上滲出了一層微細的汗水。

「哦？真的呀？」

仇群還不知道商深已經和崔涵薇正式成立了公司，心中大為遺憾，不過又一想又釋然了，「既然如此，我也就不勉強了，不過你和商深成立公司也不影響商深和興潮網的合作，張總也說了，希望商深在興潮網成立之初給予力所能及的支持，他會回報興潮網的原始股。」

其實近一段時間，商深在等候公司註冊成立的空檔並沒有閒著，在幫八達籌設興潮網之時，八達也按月支持了工資。按照約定，雖然商深不是全職，張向西依然每月支付他兩千元的高薪。

以商深的水準，兩千元的高薪其實是虧待了他，是以張向西為了讓商深的聰明才智發揮到最大值，又向商深許以興潮網的原始股。

在創業初期，會有許多原始股的激勵措施。話又說回來，許多公司以後別說上市了，生死未卜，前途未明，股票或許只是廢紙一張。

除了興潮網每月領取的兩千元工資外，崔涵薇也想支付工資，商深沒要，他又不愛亂花錢，一個月兩千元的收入足夠了，何況他住宿都不用花錢，不抽菸不喝酒的他，除了吃飯之外，幾乎沒有額外開支。免費住在崔涵薇的房子裡，他還好意思再提錢？

既然要和崔涵薇合作了，就要目光長遠一些，不要在意一時的得失。

還有就是商深在和文盛西來往期間，借了文盛西一些錢。雖然不多，但對文盛西來說也不算少，畢竟文盛西最早租中關村的櫃檯，起始資金才一萬多塊。現在他資金周轉出現了問題，需要進貨沒有錢，以前還有賈小北可以借，現在和賈小北分手，一個人在北京打拼很不容易，商深又和他很談得來，就把全部積蓄將近兩萬塊拿出來借給他。

之前商深從八達那兒賺了七千塊，其中兩千塊給了范衛衛。去深圳又花掉一些，然後把范長天施捨的一萬送給了孤寡老人。回到北京後，他打開行李才發現，不知何時范衛衛在他的包裡放了一萬元。

和范衛衛交往期間，她幾乎沒讓他花錢，而且還很細心，事事考慮周全，避免傷害到他的自尊。看到這一萬元，商深放聲大哭，唏噓不止。

肆意汪洋的淚水有傷心有回憶，有無奈有不甘，也有對青春的紀念，對初戀的祭奠。或許愛情就和事業一樣，不屬於你的天地，就算遇到也終究會錯失。

想起他虧欠范衛衛的種種，商深發誓，不管以後怎樣，只要范衛衛需要他，他都會義無反顧地幫她。

本來商深沒打算動用范衛衛給他的一萬元，不過在文盛西提出借錢時，他毫不猶豫地拿了出來。

得到商深支持的文盛西，決定擴大經營地盤和範圍，用他的話說，一個企業想要成功必須走擴張之路。儘管在他的豪言壯語之下的實際情況是從三平米的櫃檯擴充到五平米，但不管怎樣，也是邁出了擴張的第一步。

文盛西對商深的支持銘記在心，他是個很重感情重朋友的人，聽仇群向商深許諾會配股，他也萌發了萬丈豪情，一拍桌子說道：「我現在只有一堆電子產品，公司還沒有成立，許諾什麼原始股是紙上談兵、空中樓閣，今年我打算成立北西公司，兄弟，你想占多少股份，儘管開口。」

文盛西的豪語讓馬朵、馬化龍和王向西為之一笑，同時暗讚商深為人確實有及時雨之妙，也為文盛西的真性情叫好。

商深笑說：「我要你什麼原始股？別鬧了，我只要你當一輩子的朋友就夠了。」

「這話我愛聽。」文盛西哈哈大笑，打開一罐啤酒一飲而盡，然後一抹嘴巴，「就這麼說定了，兄弟，從現在起，我是你永遠的朋友，你不在我的公司擁有股份，但你永遠在我的友情裡擁有股份，永不過期。」

「啪啪啪！」馬朵帶頭鼓掌，感動地說：「交友貴在交心，真正的友情無法用金錢衡量，但是在兄弟需要幫助需要支持的時候，絕對會拿出全部的努力，不管是金錢還是時間。」

「說得好，馬哥，如果有一天我們成了競爭對手，你要記得今天我曾經是你的朋友。」文盛西和馬朵碰了碰杯，「你是第一代互聯網創業者，是前輩，我比你晚了幾年，算是第二代。在我身上充分體現了中國互聯網第二代創業者的縮影——焦灼、痛苦、不安和疲憊，我們除了終日奔跑以免九死一生之外，沒有休息的時候，除非有一天我們跑贏了時代。」

文盛西的話引起了商深、馬化龍、王向西和歷隊的共鳴，應該說，除了在座的馬朵之外，瀛海威、張向西以及王陽朝、向落等人，都算是互聯網第一代創業者，而商深等人，算是第二代了。

「不對，不對。」文盛西不等馬朵說話，又自己否定了自己，「我頂多算是ＩＴ從業者，不是互聯網創業者，我只是一個傳統的零售商，和互聯網創業風馬牛不相及，哈哈。你們繼續，我旁觀，你們繼續你們的互聯網浪潮之夢，我賣我的電子產品。不過我對商深的承諾永遠有效，和我是不是互聯網創業者的身分無關。」

一百多平方米的房子，說很小，但足以容納包括商深在內的國內最頂尖的技術高手華山論劍。說很大，卻無法包容在座幾人熱血的青春和對未來的無限嚮往。暖氣很足，熱氣瀰漫，讓每一個人都感受到剛剛到來的一九九八年充滿了希望、充滿了變數，充滿了無限可能。

青春還在，明天不老，未來不遠，有多少影響歷史的重大事件在當時發生時，對當事人來講，或許只是一次簡單的聚會，只是一次稀鬆平常的高談闊論。但正是在高談闊論中，碰撞出靈感的火花，創造出不世的業績，締造出驚人的神話。

崔涵薇、徐一莫、藍襪和衛辛四人坐在一起，如四朵金花，點綴在一幫來自天南地北、性格各異、長相不一的男人中間，就如夜空中升騰而起的煙火，點亮了冬天最寒冷的夜晚。

「互聯網浪潮到來的時候，就像下雨一樣，恰好這個地方下雨，而你恰好在這個地方，你肯定會被淋濕，並不是我們來造雨，也不是我們追雨，而是我們在合適的時間站在了合適的地點。」

馬化龍雖不是一個悲觀論者，但他對互聯網的創業激情總是伴隨著一點點消極論點：

「嚴格意義上說，我們只是恰逢其時，算不上什麼開創或是開拓者。不過我不認可盛西的說法，不管是馬朵也好，還是在座的我們，都應該算是第一代互聯網創業者，而不是第二代。要我說，第二代互聯網創業者，最少還要四五年後才會出現。」

商深贊成馬化龍的劃分：「對，我們也算是互聯網第一代創業者，現在國內的互聯網公司雖然有很多，但真正形成氣候的卻很少，雖然烽火四起，但還沒有出現真正可以割據一方的諸侯，估計至少要三五年時間才會初步形成一個諸侯爭霸的格局。商業上的競爭和政治上的較量有相似之處，當年歷史上從春秋五霸到戰國七雄，中間經歷了一段戰火紛飛的混戰，未來的互聯網版圖也會如此。」

商深春秋五霸和戰國七雄的說法很有新意和創意，引起了在座眾人的贊同，崔涵薇和徐一莫點頭沉思，馬化龍和王向西會心一笑，歷隊則是頻頻點頭，連馬朵也朝商深投去讚許的目光。

「春秋五霸和戰國七雄的說法讓人耳目一新，不過先不管春秋五霸和戰國七雄了，說說互聯網浪潮到底是下雨還是浪潮的問題。」

馬朵贊成商深的說法，卻對馬化龍將互聯網浪潮形容為下雨的比喻有不同看法：「我不認為互聯網浪潮只是一場雨，它是歷史潮流，是不可抵擋的歷史浪潮。下雨和潮流不一樣，潮流誰也逃脫不了，必然要置身其中，以後互聯網浪潮席捲之時，不只是我們，所有人都無法躲開潮流的衝擊。「下雨就不一樣了，有的地方下雨，有的地方不下雨，可以避開。我也

承認，潮流不是由我們創造，但並不是我們恰好在合適的時間來到了合適的地點，而是我們只是趕對了時間，是不是跳進潮流之中搏擊風浪，就全在於我們自己的積極主動性了。」

如果說馬化龍強調的是時代的脈搏和個人在時代之中的被動性，那麼馬朵則更多地看重個人在時代大背景之下的積極主動性，或者說，馬化龍的意思是說時勢造英雄，而馬朵的想要表達的則是英雄領先於時代。究竟誰對誰錯，商深不予評價，以他的觀點來看，二馬的思想結合起來才是最完美的處世之道。

「時代只是背景，只是畫布，所不同的是，不同的時代提供的畫布材質不同，尺度大小不同，但我們只是想當和時代平行的觀賞者，還是願意加入到時代的潮流之中，拿起畫筆，在時代的畫布上描繪自己的明天呢？決定權全在你自己的手中。」

馬朵繼續侃侃而談，他的演講欲一旦發作，就有勢不可擋之勢。

「不管是哪個時代，總有埋怨自己生不逢時的，沒有遇到可以造就英雄的亂世，沒有趕上可以功成名就的盛世；其實時代沒錯，錯的是自己的心境。亂世可以造就英雄，盛世可以成就豪傑，把我們放到三國，我們就可以成為曹操、劉備和孫權了？未必。但把我們放在現在的互聯網時代，我們就可以盡情揮灑才情和豪情，成就一番只屬於我們自己的事業和未來！」

「說得太好了，我都熱血沸騰了！」

歷江被馬朵的演講感染了，跳了起來拍手叫好，「馬哥，你什麼時候創業記得一定叫上我，我跟在你身後當一個小跟班或是投資，反正我以後跟定你了，你走到哪裡我跟到哪裡。我不會看錯人，你以後一定是一個了不起的人物，比曹操還厲害。」

「歡迎，熱烈歡迎。」

馬朵對歷江的印象也很好，歷江是一個不做作，有一說一的人，可以一交，「等我再創業的時候，我肯定拉上商深，到時他也肯定會叫上你。你就認準一點就行了，跟著商深準沒錯。」

「沒問題，我跟定商深了。」歷江開心地大笑。

在京北花園的小小的房間內，有許多人的夢想在燃燒，未來在當下的一刻開始出發，誰也不知道會駛向怎樣的明天。但不管明天怎樣，至少在此時此刻，商深他們都為理想而釋放了青春和激情。

到最後，每人幾乎都喝醉了。商深和歷江拿起臉盆伴奏，崔涵薇和徐一莫翩翩起舞，藍襪和衛辛載歌載舞，而馬化龍和馬朵二人拿著酒瓶假裝麥克風，一起吼唱著。

文盛西和歷隊二人並肩站在一起，跟著馬朵和馬化龍的拍子輕聲附和，只有仇群還稍微安靜幾分，不過他也滿含激情，被眾人盡情燃燒的情懷感染了，站了起來，雙手敲擊兩個可口可樂的塑膠瓶子為二馬伴奏。

互聯網世界是一個無邊無界的世界，夢想也是。夢想無邊，未來就無限。包括商深在內的眾人誰也沒有想到的是，這一次的聚會影響之深遠，一直延續了十幾年，貫穿了整個中國互聯網浪潮的戰火硝煙。

聚會一直持續到天亮，誰也沒有走，東倒西歪地醉倒在房間的每一個角落。崔涵薇、徐一莫、藍襪和衛辛四人，和衣而臥睡在了主臥室，其他人要麼睡在次臥，要麼倒在客廳，都沒有了往常的形象。

最後商深在半醉半醒之間又和歷隊討論了一下下一步的合作，就七二四軟體的繼續開發及分紅問題達成了一致。

至此，商深初步和興潮網建立了戰略合作，和馬化龍、王向西聯合改寫ＩＣＱ，注資文盛西的北西多媒體，和歷隊共同開發七二四軟體，現在的他雖然依然是名不見經傳的窮小子，但他已經聰明地播下了許多種子，期待有一天可以生根發芽，長成參天大樹。

只有和他關係最好、認識最早的馬朵還沒有任何形式的合作，不過不要緊，商深更看重他和馬朵的友情，有合作的機會自然更好，沒有合作也不影響他和馬朵深厚的交情。

天快亮的時候，商深迷迷糊糊醒來，忽然腦中閃過一個念頭，新的一年就這樣到來了，不知道葉十三怎麼樣了？

葉十三其實離商深不遠，就在京北花園的另一棟樓上。

葉十三也在聚會。聚會的人也不少，除他之外，還有畢京、伊童、黃漢、朱石、黃廣寬、杜子清。

沒錯，杜子清也在。

黃漢在深圳跟了黃廣寬之後，在黃廣寬的安排下，跑了幾次船，搖身一變成了百萬富翁。現在的他再回北京，也算得上衣錦還鄉了。一身的行頭至少上千元不說，還戴了大粗的金項鍊和閃閃發光的金戒指，手拿最新款的手機，說話也和以前大不相同了，不但口氣大得驚人，還假模假樣學了一口半生不熟的廣東話。

朱石也因為介紹了黃漢，而在黃廣寬面前得到了重任，雖然不如黃漢更得黃廣寬器重，卻也算是黃廣寬的跟前紅人。他暗中也嫉妒黃漢爬得過快過高，居然在短短半年時間就騎到他的脖子上，但也沒有辦法，誰讓他不如黃漢機靈能幹？

說實話，他也很佩服黃漢是個人才，以前黃廣寬走私汽車和石油用品時，沒少被海關查沒，自從讓黃漢接手以來，每次都能從容過關。也不知道是黃漢手法更隱蔽還是運氣更好，或者是黃漢買通了海關，總之，事情只要經黃漢的手，肯定順利。

加上黃漢天生就是個生意人，在和客戶談判時，軟硬兼施，往往比平常多賣出一成的價格，黃廣寬不喜歡不器重黃漢才怪。

話又說回來，因為黃漢是經他介紹之故，黃廣寬連帶對他也高看了一眼，讓他跟在黃漢身邊負責最重要的生意。雖然表面上看，他成了黃漢的跟班，但管他呢，只要能賺錢，誰當誰的跟班並不重要。

黃漢發達了之後，自然最想回北京炫耀一番，他完全沒有錦衣夜行的覺悟，富貴了就得還鄉，就得在熟人面前張牙舞爪才有面子。正好元旦葉十三想要聚一聚，黃漢一聽，當即決定回北京一趟，要好好在畢京和葉十三面前揚眉吐氣。

雖然黃漢在德泉是畢京的跟班，但現在他發達了，身分不同了，自然不能再以畢京的跟班自居了，太丟人太有失身分了，他就想在畢京和葉十三面前好好顯擺一番，好讓兩個大學生見識見識除了知識改變命運之外，能力也能改變命運。或者說，只要是金子，不管有沒有學歷，不管走到哪裡，早晚都會發光。

聽說要去北京，黃廣寬也動了心思，想來北京一趟，一是尋找一下商機，二是和崔涵柏見個面，三是如果有機會再見見崔涵薇就再好不過了。上次深圳一別，雖然在最後一刻功敗垂成，但他還是對崔涵薇念念不忘，對，還有徐一莫。

近來他和崔涵柏聯繫不斷，讓崔涵柏相信他還可以為他帶來巨大商機。其實他對和崔涵柏做生意全無興趣，只對崔涵柏的錢和崔涵柏的妹妹感興趣。

還有一個原因也是讓黃廣寬想來北京的動力之一，商深。如果來北京可以再見到商深，他一定要讓商深好看。商深太可惡了，不但壞了他的好事，還把他騙得團團轉。向來只有他騙別人，哪裡有別人騙他的事情？因此他一

心想報復商深。

葉十三聽畢京說黃漢等人要來參加聚會，一開始是拒絕的，但伊童卻很歡迎，她的想法是，和黃廣寬見面或許還可以發現商機，因為她聽說過黃廣寬，知道黃廣寬有些能力。葉十三就沒再堅持。

黃廣寬、黃漢和朱石三人是什麼時候到的北京，葉十三並不清楚，他也不知道畢京背著他已經先和黃廣寬、黃漢、朱石見了一面，不過就算知道了也沒什麼，他並不想認識黃廣寬和朱石，和黃漢也沒什麼交情。

平心而論，雖然葉十三和畢京關係莫逆，他卻不喜歡畢京的擇友標準，什麼阿貓阿狗的三教九流的人都交，也不怕辱沒了自己的身分。儘管葉十三到現在為止並沒有什麼身分，但他是一個很挑剔的人，從不隨便結交，大學四年，只有畢京一個好友。

對別人挑剔的人，其實是對自己苛刻，正是因此，葉十三雖然和商深斷交了，其實心中一直沒有真正的將商深拉到黑名單中。因為對他來說，交一個新朋友實在太難了。

和黃廣寬一見面，葉十三就對他沒有好感，也不知道是因為黃廣寬長得不符合他的審美觀，還是因為黃廣寬一臉色瞇瞇的樣子，讓人一眼就知道他是個色狼，反正不管是哪一種原因，葉十三很直觀武斷地就把黃廣寬列入不可交的名單中。

反倒是對朱石，葉十三雖然也不喜歡，但還不至於到討厭的地步。不過他也觀察出來，朱石比黃廣寬還色。如果說黃廣寬色得含蓄，至少還自恃身分，沒有明顯表露出來，比如在和伊童見面時，黃廣寬雖然眼中閃過一絲貪婪，但還努力保持表面上的克制。

朱石則不同，一見伊童就雙眼放光，像是沒見過女人一樣，一臉賤笑，只差拉住伊童的手不放，然後摸東摸西了。毫不誇張地說，朱石的作派既下賤又流氓，任誰見了都會覺得他是個既沒水準又沒素質、連色狼都不如的色鬼。

但葉十三卻偏偏對朱石稍有好感，對黃廣寬全無好感，原因就在於葉十三寧可交真小人也不願意結交偽君子，偽君子比真小人的破壞力和殺傷力更大，更有隱蔽性，讓人防不勝防。

畢京也發現了黃廣寬和朱石的色狼本質，卻假裝不知，還熱情地和黃廣寬、朱石寒暄，在向二人介紹伊童時，也沒有特意強調伊童是他的女朋友，只含糊的說是合作夥伴。

伊童對黃廣寬和朱石的色鬼本性一眼就看穿了，卻是掩嘴一笑，毫不在意，不過在聽到畢京說她是合作夥伴時，眼中微微閃過不快。

聚會並沒有太大張旗鼓，伊童叫了肯德基，也沒有上酒。聊了一會兒，黃漢就嚷嚷著要上酒。伊童不喜歡讓外人在家裡喝酒，不但弄得酒氣熏天，萬一喝醉了，說不定還會鬧事。

但黃漢卻不幹，晃動著手碗上的金鏈子和勞力士金表，拿出最新款的摩托羅拉手機，當著伊童和葉十三的面撥通了電話。

「喂，楊老闆，我是黃漢。在哪裡發財？青山處處埋忠骨，人生何處不發財？這樣，你給京北花園二號樓送一箱茅臺過來，什麼？賒帳？怎麼可能，現金。一手交貨一手交錢，我是欠帳的人嗎？一箱茅臺才多少錢？你是不是覺得我喝不起啊？限你半個小時之內送來，如果送不來，我就到你旁邊的店裡買五箱五糧液信不信？哈哈，你才知道我發達了？反正買你的店面十幾個不成問題。」

黃漢咧著嘴咬著舌頭拿腔拿調說話的樣子，似乎他是身家上億，多有本事的成功人士一般，葉十三撇了撇嘴，雖然對黃漢的炫富很是鄙夷，卻也無可奈何，在強大的資本力量面前，有時個人小小的自尊卑微而渺小，如果不適應而故意出頭的話，很容易被人踩在腳下。

畢京介紹伊童的時候，並沒有說出伊童的真實身分，別說黃漢不知道伊童是何許人也，就連黃廣寬也沒有看出伊童的真正來歷，主要也是出身大戶人家的伊童渾然不如崔涵薇和范衛衛一樣，渾身上下散發出優雅從容的姿態，她另類的打扮，讓她就如大街上常見的新潮女孩。

對黃漢炫富的行為，伊童視若無睹，甚至連鄙視或是嘲笑的表情都沒有，倒是畢京微露不滿，將黃漢拉到一邊，小聲提醒道，但似乎沒能說服黃漢，於是特意拿出汽車鑰匙在黃漢面前晃了晃。

配件廠已經於三個月前上馬的畢京，現在雖然不能算是身家百萬的富二代，但和以前相比已經不可同日而語，至少他已經開上了汽車，就算只是一輛桑塔納，也比自行車強了許多，至少不用風吹日曬還可以保證冬暖夏涼。

由於配件廠剛上馬的緣故，雖然已經生產了大量配件並且銷售一空，但前期資金都是借貸而來，要先還借款，初步估計，至少需要半年才能完全還清借款。所以畢京先買了一輛桑塔納，沒敢買他最喜歡的寶馬。

說實在，黃漢的暴富還是讓畢京受到了刺激，雖然黃漢是他從小一起長大的發小，但當年他可是轟動一時的大學生，黃漢算什麼？不過是個考試經

常倒數第一的混混，他只配當他的跟班，只配完全聽從他的指揮，卻沒想到黃漢因禍得福，在北京待不下去才跑到了深圳，居然混出名堂，搖身一變成了有錢人，不由他頓感失落。

原以為他借配件廠的聲威可以讓黃漢對他更加言聽計從，不料黃漢居然先他一步發達，而且還是非常有錢的發達。據黃漢說，他現在至少有上百萬的身家，還在以每月幾萬元的速度遞增，估計一年後他就可以賺到一千萬。

儘管知道黃漢的話裡有吹噓的成分，但從黃漢的穿衣打扮以及說話的口氣還有作派判斷，他確實是真的有錢。在心理極度不平衡之餘，畢京對黃漢的感覺就複雜了，同時他也知道，除非他儘快壓黃漢一頭，否則黃漢再也不會回到在他面前點頭哈腰的樣子了。

人都有一種奇怪的心理，見不得以前不如自己的人突然超越自己，在黃漢面前失去心理優越感的畢京，突然後悔讓黃漢參加聚會了。因為在他看來，最不可能超越他的人突然超越了他，心理的失衡讓人很難再有愉快的心情。

就連商深現在距離他也越來越遠，他還沒有和商深見面，在商深面前秀一下優越感呢，卻被最想不到的人打擊了自信，讓他大感挫敗的同時，還心情無比沮喪。甚至一度動了要擺出伊童的身分來為自己增光添彩的念頭，好壓過黃漢。

還好，男人的自尊讓他幾次話到嘴邊又咽了回去。

算了，不和黃漢計較那麼多了，畢竟是從小長大的發小，黃漢越發達對他越有利才對，他怎麼能嫉妒黃漢呢？黃漢發達總比商深發達強太多了。

晃動了幾下車鑰匙後，畢京忽然後悔他的膚淺舉動了，他是一個沉穩有度的男人，怎麼可能做出如此淺薄、如此沒有水準的事情？這麼一想，忙收起了車鑰匙。

但他的舉動還是被黃廣寬看得一清二楚，黃廣寬微微一笑，朝畢京擺了擺手：「畢京，你的桑塔納買的時候得花十八九萬吧？」

畢京點點頭：「手續都辦下來快二十萬了吧。」

「你要是給我二十萬，我給你一輛寶馬。」黃廣寬嘿嘿一笑，拿出一把寶馬鑰匙，「二十萬買輛桑塔納，真是虧大了。」

畢京和所有的年輕男人一樣，對寶馬有無限的嚮往，頓時眼睛睜大了：「真的假的？」

「當然是真的，走私寶馬二十萬弄一輛入門款不足為奇。三四十萬就可以買到市面上七八十萬的款式了，當然，前提是你得有門路上牌。上不了牌，也得有關係不被警察查車扣車才行。」伊童見畢京一副沒見過世面的樣子，就出面替畢京圓場。

她也可以理解畢京不知道走私車的內幕，他才起步，從小沒有見識過太多東西，就算現在富裕了，也是底氣不足，貴族不是一兩天就可以培養出來的，不但需要金錢，更需要時間的積累。

見伊童一語道破真相，倒讓黃廣寬暗暗吃了一驚，走私的寶馬車低於市價很多，在業內不是秘密，但對普通的百姓來說，還是很遙遠的事，因為走私寶馬再便宜，普通百姓也買不起。難道伊童不是普通人，否則她怎麼會知道走私寶馬的價格和流程？

又一想，或許只是北京小姐見多識廣，聽身邊的人說起過而已，他也就沒再多想，暗中多打量了伊童幾眼。不看還好，仔細一看之下，就發現了伊童的好。

每個女孩都有自己的特色，伊童也不例外。雖然第一眼看上去伊童既不如崔涵薇驚豔，又不如徐一莫健美，但細看之下，伊童在外表另類的打扮之下，卻難掩清純和秀麗，在她怪異的髮型和黑色眼影之下，其實隱藏了一張別有異域風情的面孔，一瞬間讓黃廣寬甚至懷疑伊童是混血兒。

當然伊童不是混血兒，只是她眼窩稍深一些、鼻梁稍挺一些而已。不管伊童是不是混血兒，她頗有異域風情的面孔讓黃廣寬見獵心喜，心中驀然點燃了征服的火焰。

伊童應該不是畢京或葉十三的女朋友吧？他暗中觀察，發現伊童和畢京關係一般，和葉十三也沒有太多的互動，心裡就有了計較。

第七章

先驅者

必須說，第一代互聯網人確實付出了許多有益的探索，
等於是在一片荒蕪的土地上構建未來，沒有藍圖，沒有參照物，
只有一腔熱情和摸著石頭過河的勇氣，
他們是真正的開拓者，是先驅，是值得尊敬的領路人。

不多時，茅臺送到了，黃漢當仁不讓地用現金付帳，還叫了外賣，點了些菜。有了酒和下酒菜，黃漢反客為主，招呼伊童、葉十三、畢京和黃廣寬、朱石等人，幾人邊吃邊聊。

黃漢在畢京和葉十三面前露了臉，心情高興，就多喝了幾杯。黃廣寬酒量不錯，還保持了清醒，朱石酒量也可以，也沒有喝多。畢京和葉十三為了顯示熱情好客，就多勸了黃廣寬和朱石幾杯。

「就伊童一個女孩，太沒意思了，畢京，你在北京就沒認識別的女性朋友啦？」

黃廣寬話多了起來，雖然他的目標是伊童，但還是希望多幾個美女陪伴喝酒才有意思。

「還真不認識。」畢京笑笑，他還有幾個女同事也在北京，卻不想叫她們來。

「你呢，十三？不會也沒有吧？你們不會這麼老實吧？別說女朋友了，難道連幾個異性朋友也沒有，太純情少年了吧？哈哈哈哈。」黃廣寬放聲大笑，笑聲中有調侃也有輕視。

笑聲未落，葉十三的手機突然毫無徵兆地響了。

葉十三一看是杜子清來電，本來不想接，不知出於什麼心理，覺得還是接了好，就接聽了電話。

「子清……有事？」葉十三儘量讓自己的語氣平靜如水。

「十三，你在哪裡？在北京嗎？我想見你。」

杜子清一個人在北京過節，感覺到十分的孤單，就又想起了葉十三。雖然葉十三已經明確和她分手了，但她還是忘不了他。誰讓他是她第一個動情的男人。

「我在北京，在京北花園。」

若是平常，葉十三肯定不會對杜子清多說什麼，也許是受到黃漢的刺激和黃廣寬的嘲諷，他忽然冒出一句，「要不你過來吧。」

「真的？」

杜子清喜出望外，雖然暗恨自己沒出息，葉十三對她呼之即來揮之即去，她也太沒原則了，但她就是想見他。

「我這就過去，不過有點兒遠，坐地鐵得一個半小時，你得多等我一會兒。」杜子清說。

「別坐地鐵了，搭車吧。」葉十三霸氣地說道。

「好，聽你的。」杜子清心中閃過一絲甜蜜。

「誰啊？」朱石好奇的問。

「我女朋友。」葉十三淡淡地回道，鬼使神差地又強調了一句，「準確地說，是前女友。」

「前女友怎麼還有聯繫？」朱石擠眉弄眼地笑了，「藕斷絲連？」

「分手就不能做朋友了？」葉十三不以為然地笑了。

「如果分手的戀人還能做朋友，要麼從未愛過，要麼還在愛著。」朱石搓了搓手，「你們是哪一種？」

「都不是。」葉十三訝然，色鬼朱石居然對愛情還挺有研究，話說得還挺在理的嘛。

「那就好，那就好。」朱石樂開了花，「如果等下我看上了她，你不會反對吧？」

「……」做人不要太無恥好不好，葉十三簡直無語了。

「朱石，不要胡鬧。」黃漢知道葉十三和杜子清的愛恨情仇，一推朱石的肩膀，「十三和杜子清的事一時半會說不清楚，你最好不要橫插一腿。」

「說說也不行？」

朱石白了黃漢一眼，對黃漢一來到北京就耀武揚威的作派十分不滿，黃漢能有今天，還不是拜他所賜？如果沒有他的介紹，黃漢現在說不定就流落街頭了。

等杜子清趕到的時候，幾人已經喝完了三瓶白酒。算上伊童在內，一共六個人，三瓶高度白酒平均下來合每人半斤，就算酒量再大，半斤白酒至少可以達到七八分醉意。

伊童雖然是女孩，卻也沒有少喝，最少也喝了有四兩。黃漢喝得最多，他是太高興了，見不管是畢京還是葉十三都被他比了下去，心裡興奮加激動，就難免多貪了幾杯。

酒一多，話就多了。

本來幾人誰也沒有提及商深，主要也是不管是葉十三、畢京還是黃漢、朱石和黃廣寬，都在和商深對戰中落敗過，誰也不願意主動說到自己的糗事，等喝多了，再想起被商深捉弄和擺佈的經歷，幾人就都來氣了。

「十三，最近見過商深沒有？」

黃漢想起寧二還在監獄受苦，眼淚掉了下來，「媽的，商深真混蛋，害得寧二進去了，大好的青春年華就這麼浪費了，要是寧二跟我在一起，現在至少也有幾十萬了。下次見到商深，我非弄死他不可。」

不等葉十三說話，黃廣寬也氣憤不平地哼道：「哼哼，商深這小子跟狐狸一樣狡猾，下次遇到我，我非讓他出醜不可。」

「黃總，你也認識商深？」

葉十三這一驚可是非同小可，怎麼會連黃廣寬也認識商深，商深本是一個無名小卒，怎麼名氣這麼大了？

「認識，何止認識，還相當熟，哈哈，哈哈！」

黃廣寬打了個哈哈，想起了和商深交手的經過，心中除了對商深的仇恨之外，還多了想要更深一步認識商深的想法，他總覺得商深如果和他同行的話，會是一個梟雄式的人物。

雖然黃漢一直想當一名梟雄，雖然他也有頭腦，但他卻缺少商深的沉穩和大局觀，太輕浮了一些。

商深……黃廣寬心中起伏不定，真是一個若是朋友必是至交、若是對手必是勁敵的角色。

「商深是個雜碎！」

提起商深，朱石就心中隱隱作痛，他在深圳縱橫多年，也經常來往深圳和北京之間，在飛機上和機場多次調戲良家婦女，從未失手，偏偏商深多管閒事害得他在眾目睽睽之下丟醜，此仇不報非君子。

當然，在深圳機場被范衛衛保鏢痛打一頓的經歷，也是他平生的奇恥大辱，雖然是范衛衛的出手，但他還是記在了商深身上，也和他惹不起范衛衛有關。

「你們都認識商深？到底怎麼一回事？」

畢京也驚呆了，沒想到商深名氣如此之大，都傳到了黃廣寬和朱石的耳中，不過又一想，從二人咬牙切齒的表情判斷，他們和商深肯定也有過不小的過節。敵人的敵人就是朋友，更何況他和黃廣寬、朱石本來就有合作的基礎，再如果加上有了商深這個共同對手的前提，那麼雙方合作的根基就更牢固了。畢京大喜過望。

「說說都發生了什麼。」伊童也來了興趣，她拿出一盒菸，依次分了，剛將菸放到嘴裡，黃廣寬的火就到了，她笑了笑，坦然地接受了黃廣寬的殷勤，任由黃廣寬替她點上了菸。

她深吸一口，朝黃廣寬輕輕噴出一口菸霧，眼睛一瞇，笑得很曖昧：

「黃總，商深搶你女朋友還是生意了？」

「都沒有。」

黃廣寬被伊童既新潮另類又純真無邪的矛盾綜合體誘惑得不能自拔，嘿嘿一陣奸笑，「我和商深其實只有一面之緣，不過只見一面就被他耍了，太丟人了，也算是讓他給我上了一課。」

「商深太陰險狡詐，如果正面交手的話，他才不是黃哥的對手，他沒什麼本事，就會耍滑頭。」

黃漢見黃廣寬喝多了，也不怕說出以前的糗事，忙出面圓場，試圖找回一些面子，「就像在德泉和北京，我和商深幾次正面交手，都打得他屁滾尿流，是吧畢哥？」

畢京附和一笑，沒說話，心想黃廣寬至少比你誠實，不像你，一副令人作嘔的暴發戶嘴臉，人一闊，臉就變，用在你身上最恰當不過了。

黃廣寬一邊慢條斯理地抽菸，一邊說起他和商深狹路相逢的經過，最後說到商深把他們幾個喝倒後趕緊溜之大吉的狼狽，哈哈大笑：

「不得不說商深這小子表面上一臉憨厚，其實很有心計，從一開始假裝不會喝酒，然後等我們都差不多的時候再悍然出手，三下五除二把我們喝倒。最妙的是，這小子居然能猜到我還留了後手，趕緊逃了，黃漢和朱石就晚了一步，如果他再晚十分鐘的話，就和黃漢、朱石正面相遇了，那他就無論如何也跑不掉了。」

葉十三雙手緊握，拳頭上青筋暴起，他強忍胸中的怒火，如果不是伊童早就注意到了他的異常，暗中拉了他幾下，他早就拍案而起，一拳打在黃廣寬的臉上了。

黃廣寬居然想灌醉崔涵薇然後伺機下手，無恥、下流！不是人，根本就是披著人皮的狼。葉十三怒火中燒，對黃廣寬恨到極點！

本來他對黃廣寬的第一印象就很差，現在聽到黃廣寬如此下流，精心設計了一個陷阱想對崔涵薇圖謀不軌，是可忍孰不可忍，崔涵薇是他的女神，是他的夢中情人，就算她和商深在一起，也好過被黃廣寬占便宜，黃廣寬算什麼東西?!一個不知道玩弄過多少女人的人渣！

畢京聽到後來也聽出了不對，他知道葉十三對崔涵薇的迷戀，唯恐葉十三做出什麼出格的事情誤了大事，他現在很想和黃廣寬合作，知道黃廣寬有路子可以幫他快速致富。鑒於此，他悄悄踢了葉十三幾下，示意葉十三稍安勿躁，不要因小失大意氣用事。

在伊童和畢京的暗示下，葉十三稍微平靜了幾分，沒有當場發作，不過在內心深處，他將黃廣寬列入了人渣和垃圾一類，並且暗暗發誓絕不和黃廣寬交往。

「崔涵薇端莊是端莊，不過缺少一些野性，有時讓人提不起興趣；徐一莫就不一樣了，外表文靜內心狂野，絕對是個極品，哈哈。」

想起徐一莫的妙處，黃廣寬的五分醉意上升到了七分，一臉惋惜地搖了搖頭，「我見過不少女人，還沒有一個像徐一莫那樣的健美，嘖嘖，她的身段和腰身，絕了。」

「黃總，說說合作意向吧，光談女人有什麼意思？」

伊童怕葉十三受不了會發作出來，她也不想聽黃廣寬沒完沒了地談論女人，就及時引開了話題，「你除了汽車生意之外，還有什麼想法？」

「別的想法暫時沒有，目前光是汽車生意就足夠我忙了。」黃廣寬朝後一仰，躊躇滿志地笑道：「也許以後我會開一個製造廠，生產電子產品和配件，反正不管從事什麼，肯定不會從事IT行業，尤其是互聯網。互聯網算什麼？不就是扯一根電話線連接你和我嗎，有手機直接通話不就得了，還用上網聯繫？我覺得互聯網代表了未來改變世界什麼等等說法，都是胡扯！社會的進步人類的發展，最終還是要靠物質，物質從哪裡來？製造出來。只有實業才能救國呀。」

從洋務運動到五四運動，再到今天，實業救國的說法一直為市場主力，包括房地產、製造業或者是加工廠，都屬於實業的範疇，的確是可以創造出大量的財富。

然而平心而論，中國的製造業還停留在低附加值、低效益，依靠廉價勞動力賺取微薄差價的初級階段，一年生產幾億個打火機的溫州和一年生產幾億件襯衣的江浙，總產值還不如一個ＩＣＱ創造的價值。

如果一直停留在靠數量取勝的低級階段，就會一直在食物鏈的最底端，成為被食物鏈高端的掌控者奴役和剝削的廉價勞動力。

因而對黃廣寬的觀點，伊童和葉十三都不敢苟同，畢京聽了卻引為知己，當即和黃廣寬碰著杯，興奮地道：

「黃總說得太對了，實業才能創造財富，才是正途，ＩＴ業只能是附加在製造業上的第三產業，第三產業雖然附加價值高，但如果沒有第一產業的基礎，也是無源之水無本之木。」

「好，說得好呀。」黃廣寬回敬道：「這麼說，我們以後大有合作的機會了？」

「肯定會。」畢京肯定地說。

「這樣吧，畢京，你幫我一個忙，我送你一輛寶馬，怎麼樣？」

黃廣寬是聰明人，看出畢京和葉十三關係密切，但在密切中又有理念上的分歧，於是提出了要求。

「什麼忙？」畢京頓時驚呆。，張口就送一輛寶馬，也太霸氣了，令畢京喜出望外。

「你幫我找到崔涵薇，邀她和我見面，我就送你一輛寶馬，怎麼樣？」

黃廣寬對崔涵薇念念不忘，雖然他也惦念徐一莫的野性，但征服一個高貴的女人比征服一個野性的女人更有成就感，他還是想先拿下崔涵薇，那樣更有征服感。

「如果實在邀不到崔涵薇，徐一莫也行。不過，崔涵薇是輛寶馬五系，徐一莫就是寶馬三系的車了，哈哈。」

葉十三實在聽不下去了，再也按捺不住心中的怒火，「砰」地一拳砸在桌上，震得酒瓶倒了好幾個。他站起來，冷冷一笑：「黃廣寬，北京不是天高皇帝遠的小漁村，你想胡來的話，小心有來無回。」

「怎麼了？我是哪裡礙著你的事了嗎？還是你喝醉了？葉十三，我可警告你，你沒有資格在我面前呼來喝去的。」

掉下的酒瓶有一個砸在黃廣寬的腳上，雖然不是很痛，但讓他覺得大失顏面，他也站了起來，和葉十三正面對峙，不滿地道：「崔涵薇又不是你什麼人，徐一莫也不是，你吃的哪門子乾醋啊？真是多管閒事多吃屁。」

「我偏就要管。」

葉十三和黃廣寬槓上了，他最看不慣一個男人天天不琢磨正事，一喝酒就在背後討論女人，不管這個男人多有成就，多成功，多有錢，在他眼中就是垃圾。何況黃廣寬還處心積慮想要算計崔涵薇，一個有本事的男人是要讓女人主動投懷送抱才算厲害，設計騙女人上床的男人最人渣了。

「畢京，如果你真幫黃廣寬算計崔涵薇和徐一莫，我告訴你，我會提前警告她們你和黃廣寬的齷齪心思。」

「我×！」黃廣寬怒了，一揚手砸碎了一個酒瓶，在葉十三面前晃了晃，「葉十三，你敢壞我好事，老子不管是在北京還是深圳，廢了你就跟廢一隻螞蟻沒有區別。」

畢京見狀，趕忙出面打圓場。黃漢和葉十三、黃廣寬都有交情，也不好坐視不理，也開口附和勸黃廣寬息怒。只有朱石冷眼旁觀，在一旁冷笑。伊童甚至站都沒有站起來，翹著二郎腿抽菸，一副事不干己的樣子。

畢京和黃漢勸了半天，好不容易分別勸得葉十三和黃廣寬暫時收起獠牙，才冷場片刻，杜子清就趕到了。

天冷，穿了羽絨服，圍了圍巾戴了帽子的杜子清，包得像個玩具熊，她的小臉凍得紅撲撲的，一進門被屋裡的暖氣一熱，更是如雨潤紅枝嬌，美不勝收。

她還不知道發生了什麼事，進門後，衝眾人甜甜一笑：「這麼多人呀，好熱鬧。」

餘怒未消的黃廣寬一抬頭，頓時被杜子清的清麗脫俗驚呆了。

在南方見多了濃妝豔抹的風塵女子的黃廣寬，哪裡見過如杜子清一般不施脂粉又青翠欲滴的仙女，剛才和葉十三的一肚子不快，頓時化成了體內熊熊燃燒的欲火，急忙站起來，主動朝杜子清伸手：

「你好美女，我叫黃廣寬，來自深圳，不才做一點小生意，名下有四五家公司和幾條大船……」

杜子清嚇了一跳，看了葉十三一眼，見葉十三一臉憤怒沒有理她，一時驚慌失措，不知道該怎麼回應黃廣寬的熱情。

「怎麼啦美女？不要害怕，我不是壞人。」

黃廣寬遞上自己的名片——美女專屬名片，不但印刷精美，掛了十幾個可以彰顯身分和財富的頭銜，而且鍍了金，看起來就像是黃金做的一般，他就是要讓別人造成是純金名片的錯覺。

「很高興認識你，如果以後有機會，我們也許可以合作。」

杜子清出於禮貌，接過黃廣寬的名片，拿在手中感覺分量很沉，不禁「哎呀」一聲：「金名片？」

「小意思，沒幾克。」黃廣寬要就是別人驚呼的效果，一臉得意，「還沒請教美女芳名？」

「杜子清。」

杜子清嚇得一吐舌頭，她接觸的大人物也不少，其中也有不少財力雄厚者，但還沒有見人就發純金名片如此豪氣的人，想了想，又將名片還給了黃廣寬，「不好意思，我不敢要你的名片，太貴重了。」

「杜子清，好名字，人美，名字也美。」黃廣寬擺擺手，「一張小小的名片而已，小意思，趕緊收下，再不收下就是不給我面子了。」

葉十三伸手從杜子清手中搶過名片，揚手扔到地上，斥道：

「又不是純金的，一張也就值幾十塊。有些人就是虛偽，明明沒錢卻非要裝有錢，不要臉。」

「你說什麼？」黃廣寬勃然大怒，「葉十三，馬上撿起我的名片，否則我要你好看。」

「我已經很好看了，不需要你再要我好看。」葉十三將杜子清拉到身後，正色道：「還有黃總，請你不要跟一個荷爾蒙分泌過於旺盛的發情公狗一樣，見到女人就上，她是我女朋友，請你收回你的齷齪心思。」

「你女朋友？」

黃廣寬一愣，隨即又輕描淡寫地笑了，「就憑你這副窩囊樣，能有這麼漂亮的女朋友？好吧，就算她是你女朋友又怎樣，我照樣搶過來。」

「不要吵了！」

伊童終於受不了了，一腳踢飛一個酒瓶，酒瓶飛出幾米開外，落在電視機的螢幕上，「砰」的一聲，電視機的螢幕被砸裂了，「誰要再吵，就立刻滾出去！」

別說，伊童的怒吼威力不小，立刻讓黃廣寬和葉十三都收斂起來，二人惡狠狠地對視一眼，誰也沒敢再多一句話，老老實實地坐了下去。

坐下之後，黃廣寬還心裡納悶，怎麼他居然會聽伊童的話？剛才伊童發作的時候，還真有幾分威勢，分明不是一般人，難道說，伊童還真有什麼來頭不成？以他的見識和經歷，一個人如果不是生長在權勢之家，從小見慣了大場面，見識過大人物，不會有讓他也畏懼三分的威風。

環境對人的成長影響很大，就如杜子清，黃廣寬一眼就可以看出杜子清是小家碧玉而不是大家閨秀。當然，他也沒有看出伊童是不是大家閨秀，主要是伊童的打扮太另類太新潮了，而且伊童還故意流露出玩世不恭的姿態，讓他看不清隱藏在伊童保護色之下的真實面目。

「既然是聚會，大家就好好玩好好樂，別瞎鬧。當我是朋友，在我的地盤上，就得按照我的規矩來。不服從我的規矩，就請出去。」

伊童大馬金刀地坐在首位，對於損壞的電視看也不看一眼，「私事以後私下解決，今天只喝酒只歡樂，不管別的。」

「好。」畢京也被伊童的氣勢震住了，愣了片刻，順從地道：「不談私事，談正事行不行？」

「正事可以。」伊童滿意地說，不管什麼場合她都喜歡掌控一切的感覺，「但僅限於生意。」

「正好我有生意要和黃總談。」

畢京暗中瞪了葉十三一眼，責怪葉十三不該因小失大，比起生意，一時的意氣之爭要不得，個性和傲骨有什麼用？人只有有錢才能挺直腰板，沒錢就得低人一等。

葉十三回敬了畢京一個嚴厲的眼神，拉起杜子清到一邊坐下，不願意和黃廣寬同流合污。伊童暗暗一笑，葉十三如此有個性也是好事，越有個性的人反而越有軟肋，她以後只要拿住了葉十三的軟肋，就可以牢牢地掌控住葉十三了。

伊童跟隨葉十三一起來到一邊，她搬了一張凳子，斜著眼打量杜子清一番，見杜子清還沒有從惶恐中恢復平靜，不由暗笑杜子清的怯弱肯定不是葉十三的菜。

「子清是吧，我是伊童。」伊童主動和杜子清握了握手，「你在愛特信工作？」

「嗯。」杜子清點點頭，雖然她不太喜歡伊童的打扮，卻對伊童很有好感，因為直覺告訴她，伊童會站在她和葉十三一方。

「最近你們網站有沒有什麼新的動向？似乎有一段時間沒有改版了，我記得你們網站成立以來，一直在不斷地改進。」

伊童大概能猜到葉十三讓杜子清加入聚會的目的，她和葉十三創辦的公司已經悄無聲息地成立了，除了招兵買馬招聘人才之外，正在悄悄地佈局，前期已經做了大量的工作，萬事俱備只欠東風了。

讓杜子清過來，可以向她私下打聽一些業內的最新動向，尤其是愛特信。據伊童觀察，愛特信網站很有前景，在目前國內的幾家還算活躍的網站中，很有自己的特色。

「最新動向就是王總已經決定正式改名為索狸網了……」

說起互聯網的事，杜子清恢復了幾分精神，坐直身子，侃侃而談道：「記得有一次王總和我們討論，他說一九九七年是非常關鍵的一年，因為一九九六年的時候，他拿到了一筆十幾萬美元的風險投資，當時的感覺卻是有錢了卻不知道該怎麼花，在摸索了兩個月後，王總就想不管做什麼，先做一個網站再說。就這樣，在連目標還沒有完全明確的時候，網站就建成了。」

伊童認真地聆聽，杜子清透露的消息是在外界打聽不到的內幕，愛特信真實的成長內幕，對她和葉十三的未來方向，可以起到寶貴的借鑒作用。

「其實當時王總決定辦網站，就是一個很了不起的決定和很重大的突破，別看一九九六年才過去不到兩年的時間，在當時都還沒有網站的概念，不知道網站是個什麼東西。王總一開始也不知道往哪個方向發展。摸索了很長一段時間後，九六年年底的最後一天，王總用他們攢起來的一萬塊的伺服器，建立了愛特信的網站。」

這些背後的故事，伊童和葉十三還真沒有聽過，二人都聽得入了迷。以前葉十三很不愛聽杜子清說起愛特信網站和創始人王陽朝背後的故事，因為他和馬朵在一起，聽多了關於馬朵的創業傳奇，不想再聽王陽朝的經歷，認為都差不多。

現在他心境不同了，想要創業的話，忽然覺得應該更多瞭解一些前輩創業的心路歷程，可以讓他的創業之路少走些彎路。前輩們的經驗是寶貴的財富，是付出了無數失敗和頭破血流換來的血的教訓。

見就連葉十三也饒有興趣地認真在聽，杜子清就更有暢談的欲望了。

「建網站到底要幹什麼？沒有人可以回答王總，因為當時別說中國了，就連美國的網站也在摸索方向。本來王總想學習美國線上的Word Garden模式，但是美國跟中國的通訊如此不通暢，想學習也學習不成，所以不知道到底如何做。直到九七年十一月份的時候，王總最後確定還是要做搜索方面的網站，他寫了一個非常豐富的商業計畫，基本上把未來門戶網站的格局描述得非常清楚，也就是靠這個商業計畫獲取了今年的第一個風險投資。」

伊童聽了連連點頭，必須說，第一代互聯網人確實付出了許多有益的探索，等於是在一片荒蕪的土地上構建未來，沒有藍圖，沒有參照物，只有一腔熱情和摸著石頭過河的勇氣，他們是真正的開拓者，是先驅，是值得尊敬的領路人。

「王總後來發現在中國互聯網上除了導航以外，因為網路的連線不好，點擊經常失敗，連結不上，而人們點擊一個網站後，只喜歡看首頁，常沒有耐心點擊網上的其它連結或是下個次頁面，所以，後來王總決定在網路上做一些內容，但是是跟傳統媒體合作的方式。經過無數次的摸索，索狸逐漸形成了現在資訊、搜索、導航的門戶。」

杜子清臉上洋溢著光彩，流露出對王陽朝的崇拜。

「王總曾經說過，他是中國為數不多在黑暗中摸索的幾個人，在黎明前最黑暗的一段時光，他們所做的事不但沒有人關注，也無人理解。但非常幸運的是，他們當時做的事都將成為先鋒，成為傳奇。一九九七年，包括王總在內的幾個人，比如張向西、向落等等，為中國的整個互聯網做好了奠基工作。」

「我堅信一件事情——互聯網正在以安靜不經意的方式在徹底地改變著中國。」伊童聽完杜子清的講述，心中的目標更清晰了，她扔掉了手中的啤酒罐和香菸，坐正姿勢。

「我相信中國的互聯網會越來越好，因為國家政策對待互聯網的態度很明朗，很清楚，是開明、開放、鼓勵發展，同時又有積極的管理政策，但在管理中又不僵化，不斷根據互聯網的新模式來確立政策。這就培育了市場經濟、民營經濟能夠充分發展。歐洲由於過於保守，對互聯網的開放態度就不夠，早晚會被中國超過。」

「伊姐姐你好厲害，居然知道國家政策層面的事。」杜子清瞬間對伊童又多了幾分敬佩。

伊童自得地笑了笑，沒有正面回答杜子清。葉十三卻聞弦歌而知雅意，知道伊童是故意如此說，好顯示她既有資本實力又有政界勢力。

一想也是，伊童的爸爸在工商界擁有舉足輕重的位置，必然在政界也有龐大的關係網，接觸到主管政策層面的高官也不足為奇。

葉十三朝伊童悄然一笑，回應道：「這麼一來，我對我們的未來就更有信心了。」

伊童最喜歡葉十三的一點，就是葉十三既懂事又有分寸，在她面前一向保持禮貌，絕不僭越，還總是能及時領悟她的意圖，並且配合她的要求，她點頭：「怎麼樣十三，公司的下一步應該怎麼走，心裡有底了沒有？」

「你們的未來？」杜子清驚訝地捂住嘴巴，睜大眼睛，訝異地說：「你們在一起？」

「在一起了。」伊童笑說：「不過不是你想的那種在一起，是我和十三共同成立了一家互聯網公司。」

「這樣啊……」杜子清稍微放寬了心，問：「想做哪方面的業務？」

「說實話，真的還沒有想好。」

伊童斜了一旁的畢京、黃廣寬等人一眼，見幾人正聊得投機，為畢京的選擇大感惋惜，「子清，你在愛特信——好吧，索狸的收入是多少？」

杜子清微微一愣，不好意思地說：「不高，不好意思說。哎呀，忘了說了，王總說讓我聯繫一下商深，他要當面感謝商深。」

「感謝商深？」

伊童吃了一驚，才把商深的話題趕走，怎麼商深又從杜子清的嘴裡冒出

來了，一愣後覺得哪裡不對，「王陽朝怎麼也認識商深？」

如果讓伊童知道此時此刻就在不遠處的五號樓上，商深也在舉行一個盛大聚會的話，不曉得她會是怎樣的表情。再如果讓她知道，參加聚會的人不但包括馬朵、馬化龍和歷隊、文盛西，還包括八達的仇群，說不定她更會震驚當場。

伊童可以不知道馬化龍、王向西和歷隊、文盛西，但她必定知道馬朵和仇群，馬朵的大名，現在只要是稍微關注互聯網動態的業內人士都知道，何況是想要從事ＩＴ行業的她了。

「王總不認識商深，不過他聽說過商深的事，對商深很感興趣。本來他對商深只是有點興趣，並不想約見商深，但後來在一次我和商深的聊天中，提到王總想要為愛特信起一個新名字，商深隨口說出了『索狸』，我聽了還不以為然，以為這個怪名字王總才不會採用。誰知道後來王總徵求大家意見時，我說出了索狸，王總竟然大加讚賞，不但採用，還說要獎勵我。我不能把別人的功勞據為己有，於是說出了實情，王總一聽名字的創意來自商深，立即動了要和商深談談的想法。」

杜子清一五一十地說出經過，對葉十三和伊童絲毫沒有提防之心。

第八章

英雄主義

從KV300之後，王江民成立了公司，公司逐漸走上軌道，
現在江民科技是中國最大的殺毒軟體廠家之一。
仇仲子、王永民以及王江民，都是個人英雄主義時代的代表人物，
憑藉自己橫溢的才華，單槍匹馬只憑藉一個軟體就闖出了一方天地。

「原來是這樣……」伊童沉思片刻，看向了葉十三，「十三，商深的上升之勢越來越勢不可擋了，你有什麼想法沒有？」

哼！不是故意氣人嘛！葉十三好不容易才壓下剛才和黃廣寬的火，聽到商深居然得到王陽朝的青睞，火氣又上來了。尤其是伊童的話有明顯煽風點火之嫌，他正要說幾句什麼，轉念一想有杜子清在，許多話不方便出口，就又改口了：

「互聯網的世界廣闊無邊，可以容下許多人的夢想，商深走他的路，我們走我們的路，大道朝天各走一邊互不相干。」

「好吧，你有這樣的肚量，我就放心了。」

伊童淡淡一笑，不再試探葉十三，轉而向杜子清問計，「子清，如果我一個月付一千元的工資讓你加盟我的公司，你願意嗎？」

葉十三瞪大了眼睛，想說什麼，一抬頭正好迎上伊童嚴厲的眼神，他的氣勢為之一洩，居然沒有說出口，被伊童硬生生逼了回去。

怎麼回事？葉十三心中猛然閃過強烈的不安，他雖然不是天不怕地不怕的性格，但生性要強，從來不肯服人，就連商深是他的發小，壓了他十多年，到現在他還是想翻身將商深踩在腳下。

和伊童的合作，雖然早就明確了伊童為主，他為輔，但他並不是伊童的跟班，他和伊童是合夥關係，但為什麼在伊童面前他總是直不起腰呢？總感覺他矮了伊童一頭似的。

從資本力量的對比來說，他確實在伊童面前抬不起頭，是，他是沒有雄厚的財力，但沒財力不等於沒有骨氣，他必須在伊童面前挺直腰板，不能奴顏婢膝。

實話說，葉十三不想讓杜子清加入到公司中，他和杜子清的關係到現在還說不清道不明，要分也沒有分得徹底，如果再和杜子清一起工作，天天在一起抬頭不見低頭見，多彆扭！伊童又不是不知道他和杜子清的關係，她這麼做，到底是意欲為何？

杜子清被伊童開出的條件嚇倒了，她現在一個月收入兩百多，就是比她工作多了十幾年的姐姐杜子靜，月收入才三百多元，伊童開口就是千元月薪，是她想都不敢想的高薪。可是……伊童為人靠譜嗎？

她向葉十三投去了求助的目光。葉十三知道杜子清動心了，想說什麼，卻聽到伊童輕輕咳嗽了一聲，就又不敢再說了。

此時已經到元旦零時，窗外的煙火此起彼伏，格外絢麗燦爛。煙火雖短，不過一瞬，卻留下了生命中最美麗的時刻。一個人如果像煙花一樣，在生命中最美麗的時刻綻放，哪怕只有一瞬，也許比平淡無奇地過完一生還要有意義。

杜子清見葉十三不幫她拿主意，想了想，說：「我考慮一下好不好？謝謝伊姐姐的好意。」

「好，你考慮考慮。」伊童也不再多說，笑咪咪地轉移了話題，「子清，假設你加盟了公司，你覺得公司怎樣發展才更有前景？」

「要我說，公司也要上線一家網站，只要成了氣候，就不愁沒有資金投資，到時不管是轉手賣出還是推動上市，都會大有前景。」杜子清說出自己的想法。

「你覺得是做門戶網站好，還是專業性的網站好？」

做網站的思路已經在伊童的腦中成形，但具體是哪一種模式，她還沒有下最後決心，門戶網站需要投入大量的人力物力，但以目前的形勢來看，門戶網站卻又是最合適的發展模式，只不過和王陽朝的索狸、向落的絡容以及張向西即將推出的興潮相比，她暫時還沒有想到差異性，太同質化的話，在實力創意以及各方面都不如對方的前提下，很難獲勝。

伊童也知道以目前國內互聯網的發展形勢，雖然可以容納數家門戶網站，但如果不能打敗對手，不比對手快上一步，互聯網的空間無限，但市場容量有限，落後對手的話，不是被對手逼死，就是被市場困死。

但專業性的網站到底專業在什麼方面，她尚且沒有方向。電子商務？已經有中國黃頁專美在前了，她自認就算比馬朵實力雄厚，也不會是馬朵的對手。除了電子商務之外，專業性的網站還能做什麼？別說伊童眼前一團迷霧，此時就連商深也是在摸索前進。

不只商深，所有互聯網的先驅們都是在一點點向前推進，不知道哪一步對，哪一步錯。相信即使馬朵也想像不到在未來中國的互聯網會蓬勃發展到什麼程度，各類的專業網站如雨後春筍應運而生，並且創造了驚人的影響力和經濟效益。

此時進入互聯網的創業者，都是第一代創業者，他們充滿了激情和對未來的嚮往，以孜孜以求的努力拿青春賭明天。緊跟時代腳步的第一代互聯網創業者，前仆後繼地躍入互聯網的大潮之中，以義無反顧的勇氣搏擊風浪，為後人留下了毅然決然的背影。

儘管許多年後，互聯網的第一批創業者，許多人被浪潮衝擊得體無完

膚，要麼遭遇滅頂之災，要麼嗆了一口就上岸而去，再也不敢置身到浪潮中，但也有一些人最終學會了搏擊風浪並且傲立潮頭，成為最後的笑傲者。但以後的事情怎樣，現在誰也不敢妄下結論，都是在摸索中尋找方向和切入點。

杜子清愣了愣，似乎在思索伊童的話，過了許久，她以不是十分肯定的語氣說道：「應該還是門戶網站比較好。」

此時由於網速慢得驚人，而且電腦和網路普及率還很低，大部分線民上網，主要是流覽一些如新聞之類的網站，至於其他的專業性網站，比如消閒娛樂類的電影、網路小說、音樂等等，都還沒有出現，再者限於高昂的上網費用，即使出現，也無人用得起。

正是因此，門戶網站和論壇才會大行其道。

「商深的思路是軟體改變世界，據說他想做即時通訊軟體，類似ＩＣＱ那樣，可以在網上隨時通話交流的軟體。」

葉十三沉吟片刻，說出了自己的想法，「我支持子清的意見，也是走門戶網站之路，學習雅虎的模式，然後再根據實際情況慢慢調整。」

之前伊童曾經想走仇仲子之路，所以想開發一款可以如ＷＰＳ一樣在市場大受歡迎的軟體。可惜葉十三和商深雖然同為ＩＴ從業者，但葉十三卻沒有商深的程式設計天賦，不是天才高手。

人和人的差距有時真的挺大，在讓葉十三嘗試編寫了無數個程式失敗之後，伊童徹底打消了讓葉十三單槍匹馬寫出一個震驚業內的軟體的想法。因為葉十三根本就不是一個程式高手，他只是一個電腦系畢業的ＩＴ行業的從業人員而已。

同樣是電腦專業出身，有天賦和沒天賦的差距可以用天淵之別形容。在葉十三歷經數次失敗之後，伊童才深刻地體會到商深的了不起。同時，她多少也理解畢京為什麼不和她一起合開公司了，因為畢京和葉十三一樣，壓根就沒有電腦天賦，就算從事ＩＴ行業，也只能是一個隨波逐流的跟隨者，而不是開拓者和開創者。

想想也是，每年資訊系畢業的大學生何其多，別說有仇仲子了，連幾個商深都沒有。伊童暗暗感嘆，為什麼她就沒有遇上仇仲子呢？

WPS97推出後，憑藉比微軟的Word體積小巧並且實用的優勢，僅兩個多月就銷出了一萬三千套，勢頭之好連仇仲子也始料未及，剛成立的珠海銀峰公司也因此站穩了腳跟。得知WPS97大獲成功，伊童也替仇仲子感到高興。

她最佩服仇仲子為人的執著和天賦。不管業界認為誰是中國第一程式師，有人說是張向西，有人說是王江民，但她固執地認為可以稱得上第一程式師之稱的，只有仇仲子一人。

因為只有仇仲子可以憑藉一己之力單槍匹馬寫出一個天才般的軟體。好吧，一個人寫出一個軟體的大有人在，卻沒有一個人可以如仇仲子一般，寫出一個震驚行業的偉大產品。在中國的軟體發展史上，WPS絕對是具有里程碑意義的軟體，並且會永久地載入史冊。

伊童總結了仇仲子成功的幾大原因。第一，仇仲子選擇的電腦相關產業正是朝陽產業，如果他當時去做傳統儀器設備的工作，肯定不會有現在的成就。不知何故，仇仲子的成功總是會讓伊童想起商深，商深也是及時從儀表廠跳了出來，難道說，商深以後也會如仇仲子一般的成功，甚至超越仇仲子的高度?!

第二，是源於對技術的熱愛，以及執著和忘我的精神。就如仇仲子自己所說，如果從開始就想著怎樣賺錢，他也不會有今天。事業和金錢無關。當你全身心投入開發的時候，不給你錢你也要幹。開發時，根本沒有心思考慮報酬。只有先成就了事業，才有資格談報酬。

伊童又想到了商深，據說商深在幫八達修復軟體故障時，也是沒提報酬，八達給多少就是多少。

商深身上也具備了成功者的基本素質，是不是可以說，商深真的比葉十三和畢京都優秀？

有時伊童也很納悶自己為什麼總是會拿葉十三、畢京和商深對比，或許在她的潛意識裡，她認為商深也會創造出不朽的傳奇？

「商深的想法很好很正確，軟體改變世界的思路肯定可以實現。」杜子清向來支持商深，儘管她心中對葉十三還心存幻想，但商深卻是她永遠不用擔心會讓她踩空的精神支柱，「我覺得他一定可以成功。」

「軟體改變世界？」葉十三冷笑一聲，他對杜子清對商深的盲目支持和樂觀十分不滿加嫉妒。

「說得輕鬆，怎麼改變？商深想開發一款什麼軟體？不要再提什麼ＩＣＱ了，ＩＣＱ不適合中國，國內沒多少人使用，否則ＩＣＱ早就出中文版了。那麼他是想當王永民還是王江民？」

王永民是五筆字型的發明者，一九七八到一九八三年，他以五年之功研究並發明了被國內外專家評價為「其意義不亞於活字印刷術」的「五筆字型」（王碼），一九八三年後，又以十五年之力推廣普及，使五筆字型覆蓋國內九成以上的用戶。

王永民發明的五筆字型，開創了電腦漢字輸入的新紀元，他是「把中國帶入資訊時代的人」。自稱是「一介書生、半個農民」的名人，被稱為「當代畢昇」。

一九八〇年左右，在五筆字型被發明之前，因為電腦的鍵盤全是英文字母的緣故，無法輸入中文，就曾經有人論斷，電腦是漢字文化的掘墓機。正是為了讓中文能夠適應電腦時代的發展，王永民發明了五筆字型。

五筆字型影響之廣，不但幾乎每一台電腦都會安裝，而且還有許多機構開辦了五筆字型補習班，大發其財。

五筆字型軟體作為中國軟體史上一個里程碑的軟體，對中國電腦的普及和文字輸入的推廣，起到了不可或缺的推動作用。

儘管隨時著時代的發展，在以後的十幾年裡，許多新的拼音輸入法的崛起，淹沒了五筆一統天下的輝煌，但作為時代的產物和在特定歷史時期起到的巨大作用，五筆字型和其發明者王永民必將永久地記入史冊。

和王永民一字之差的王江民，則是國內最早的電腦反病毒專家、江民殺毒軟體創始人、北京江民新科技術有限公司董事長。

王江民的經歷也頗有傳奇色彩，出生於上海的他，從小因患小兒麻痹後遺症而腿部殘疾，後來回到山東煙臺老家一家儀器廠擔任技術員，初中畢業的他刻苦自修，成為工廠的高級工程師。一九八九年，二十八歲並且英文水準很差的王江民開始學習電腦。

學會電腦後的王江民發現市場上沒有一款成熟的防毒軟體，卻有不少防毒卡，防毒卡能將病毒拒之門外，看似能夠防毒，但病毒卻可以通過軟碟帶到別的電腦上，由於裝防毒軟體的電腦畢竟是少數，所以，越防病毒卻越多。因此，王江民就開始了自己編寫防毒軟體的歷程。

他寫了一個防毒軟體名叫KV100。KV100問世後，王江民自己在中關村推銷，讓經銷商代賣，一開始賣得並不太好。

後來他經朋友介紹，和當時非常有實力的華星公司接觸，華星公司一開始也沒有意識到KV100的價值，然而後來一起意外事件的發生，成就了王江民和KV100的盛名。

國外某大公司在中國的分公司二十多台電腦感染病毒全部癱瘓，硬碟啟動不了，幾億的合同在機器裡面列印不出來。該公司急得不行，四處找人殺毒，甚至還找來國外反病毒軟體清除病毒，卻都無法解決問題。

最後萬般無奈之下，該公司召集周邊技術支援的電腦公司召開了一個會議，承諾誰幫助解決這次問題的話，以後的硬體就從誰那兒買。

作為該公司硬體供應商之一的華星公司接到邀請，想到了王江民，就打長途電話找到了王江民。

王江民從煙臺來到北京的外國大公司時，正好碰上該公司花三萬美元高薪請來的美國專家查解病毒。本著外國的月亮更圓的優先原則，要先讓美國專家出面，王江民也不急，就在休息室等了一個多小時。

他以為美國專家可以解決問題，不料等了半天後，卻聽到外美國專家大聲說道：「NO！NO！Format！Format！」

Format是格式化的意思，意思是讓系統重灌。然而硬碟一旦重灌，裡面的資料全部會丟失，合同也會化為烏有。雖然解決了病毒問題，卻是同歸於盡的做法，公司就是想搶救裡面有價值的文檔，如果僅僅是系統重灌，還需要花三萬美元請哪門子專家嗎，誰都可以輕鬆地做到了。

美國專家沒招了，輪到王江民。王江民坐在電腦前，他對電腦進行的每一個操作都被身旁站著的記錄員記錄在案，當時的氣氛非常緊張，因為連美國專家都解決不了的問題，公司不相信王江民可以解決，生怕王江民會弄壞電腦，破壞了硬碟資料，從而造成無可挽回的損失。

王江民很快判定感染的病毒是火炬病毒，以他的經驗判斷，這個病毒發作只會抹去硬碟分區表，不會破壞內部存檔的資料。他只用了十分鐘時間，就讓病毒發作的電腦重新開了機，二十多分鐘後，他指導該公司的人把所有電腦上的病毒全部清除得一乾二淨。

此舉震驚了公司上下所有人和美國專家。該公司當場留下二十套KV100。華星公司開始意識到王江民在殺毒方面的權威和威力，接受轉讓並且銷售KV100。

KV100打出名氣之後，等升級到了KV300的時候，王江民採用了一次性授權的方式，KV300出售版權一百二十萬，前八十萬一次付清，後四十萬賣了再付。

在一九九六年時的中關村，沒有哪個軟體一年的版權能賣到一百萬，所以，王江民開出的價格沒人願意接受。但王江民覺得自己的軟體值這麼多錢，仍然堅持他的要價。

從KV300之後，王江民成立了公司，並且公司逐漸走上軌道，現在江民

科技是中國最大的殺毒軟體廠家之一。

仇仲子、王永民以及王江民，都是個人英雄主義時代的代表人物，憑藉自己橫溢的才華，單槍匹馬只憑藉一個軟體就闖出了一方天地。

在相當長一段時期內，在一些人的眼中，電腦就是由WPS和五筆字型的組成，每天打開電腦後必用的軟體就是WPS和五筆字型。

實際上許多人都忽視了另一個默默地保護著電腦安全的軟體——KV300，因為隨著開機即啟動的殺毒軟體一直在右下角默默地保護電腦的運行，除非中毒，否則不會跳出來打擾你的正常工作。

曾幾何起，有太多人的電腦離不開以上三人的智慧結晶，毫不誇張地說，在電腦剛剛興起的階段，誰的電腦也離不開WPS、五筆和KV300，從另一個角度來說，誰能編寫一個可以讓所有人都必須使用的軟體，誰就掌握了天下，擁有了未來。

「我估計他是想當仇仲子……」

伊童聽出葉十三話裡話外對商深的嘲諷，也不以為然地笑了。

「可惜的是，他既沒有仇仲子天才般的程式設計水準，又沒有王永民深厚的文字功底，也沒有王江民刻苦的鑽研精神，好吧，退一萬步講，就算商深具備了以上三人的全部優點，問題是，他也晚了一步，現在ＷＰＳ已經統治了文字處理功能，五筆字型佔領了輸入法的天下，KV300則是一統了殺毒軟體的市場，商深還能開發什麼軟體，讓我每天打開電腦都必須點開使用？這個軟體必需是有迫切性及強大功能性的才有生命力，有生命力的軟體才有市場。」

「ＩＣＱ呀……」杜子清很單純，沒有察覺到葉十三和伊童對商深的輕視，還想替商深辯護。

「即時通信軟體以後一定會大有市場，打開電腦，除了要工作之外，還需要和人交際聊天，才是工作生活兩不誤。」

「哧……」伊童譏笑一聲，「想通話的話，有手機，有市話、傳呼機，再不然就約了見面也可以，何必非要用什麼ＩＣＱ在網上聊天，打字多累，而且還要上網才行，現在網費多高啊，一般人可用不起。聯繫一個人，如果還要打開電腦再連上網再打開ＩＣＱ，不會很麻煩嗎？有這個時間，我電話都打完了。」

「……」

杜子清被反駁得啞口無言，雖然她很想替商深再說幾句什麼，卻又覺得

伊童的話有道理，讓她無言以對，因為她也確實想不出來想要和人聯繫通話為什麼要這麼複雜，做上一連串的動作。

也是，在現階段，電腦不但昂貴，而且上網費用很高，許多人工作並不需要電腦，也不用每天都打開電腦，即使打開，上網的也很少。在這些因素的考驗下，一款只有上網才可以使用的通訊軟體，確實在一般人眼裡還看不到前景。

天，不知不覺亮了，伴隨著天亮一起到來的是一九九八年的第一天。

這一天看上去和平常的每一天沒有什麼區別，但對商深來說，卻有著非同尋常的意義。

雖然睡的時間不長，天剛亮他就醒了，早就養成早起習慣的他起來一看，見房間中眾人東倒西歪倒了一片，不由啞然。

再推開主臥室一看，四個美女橫七豎八地擠在一張大床上，場面要有多香豔就有多香豔——崔涵薇睡在中間，身子蜷縮成一團，如同一隻可愛的小貓咪，她雙手枕在頭上，正睡得香甜。

徐一莫就很沒形象了，她左邊是崔涵薇，右邊是藍襪，讓人啼笑皆非的是，她差不多是橫在床上睡覺，頭枕著崔涵薇和肚子，雙腿搭在藍襪的屁股上，還高舉著雙手，雙手抱著的是衛辛的胳膊。

藍襪和衛辛各睡在床的兩邊，被中間的崔涵薇和徐一莫快要擠到床下了，兩人很委屈地只占了巴掌大小的一塊地方，倒也睡得很香。

四美猶如四朵金花，崔涵薇端莊如蓮花，徐一莫奔放如蘭花，藍襪安詳如月季，衛辛淡然如菊。

商深深深嘆息一聲，來到床前，輕輕一推徐一莫——倒不是他偏愛徐一莫，而是徐一莫幾乎壓在所有人身上，不先推她推誰？

手剛落在徐一莫的胳膊上，徐一莫忽然醒了，睜大一雙好奇而明亮的眼睛，直直地盯著商深不放。商深嚇了一跳，被她大膽而熱烈的目光逼得後退了一步：「你沒睡著？」

「我睡覺很輕，你剛才一進門我就醒了。」徐一莫狡黠地一笑，做了個鬼臉，「所以你別想對我有什麼企圖，你還沒動手，我就知道你想對我動手動腳了。」

雖然徐一莫的話聽上去有點語病，商深卻顧不上追究她表達不清的問題，急急辯解：「亂說，我哪裡想對你動手動腳了，不要汙人清白。」

二人說話的聲音很輕，但再輕也架不住其餘三人近在咫尺，商深忙伸出手指放在嘴邊「噓」了一聲：「好了，不和你鬧了，你趕緊叫她們起床，天亮了。」

「我沒鬧。」徐一莫一翻身從床上跳了下來，經常鍛煉的她身輕如燕，不但沒有驚動其他人，落在地上時也一點聲音也沒有，她伸手拉過商深，「過來，我有話要和你說。」

近幾月來，商深和徐一莫見面很少，主要精力都投入到正在編寫的軟體上。除了正在改寫的ＩＣＱ之外，他自己還潛心編寫了一款軟體，準備在合適的時候正式推向市場。

改寫的ＩＣＱ是他和王向西聯合開發，經過他和王向西、馬化龍三人的協商，確定正式推向市場時名字為ＯＩＣＱ，是在ＩＣＱ的前面多加了一個字母Ｏ，O是opening之意，意思是「開放的ＩＣＱ」。

ＯＩＣＱ前期工作已經基本上準備就緒，就等馬化龍和王向西的公司成立後就正式推出。本來崔涵薇想在自己的公司推出，商深卻認為ＯＩＣＱ雖然是他和王向西共同改寫，但架構和前期工作都是由王向西獨立完成，嚴格意義上講，王向西付出了更多的心血，擁有ＯＩＣＱ更多的權利，所以讓馬化龍和王向西的公司推出更符合市場規則。

當然，馬化龍和王向西也向他承諾會讓他以技術入股，不會虧待他的。

崔涵薇聽從商深的話，對商深正在埋頭苦幹編寫的小軟體大感好奇，幾次想問商深軟體到底是何用處，商深卻總要她再等等，讓她拿商深沒法。好在她忙著公司的裝修和招聘員工等各項事宜，也顧不上和商深計較太多。

「什麼事這麼神神秘秘的？」

商深被徐一莫拉著出了主臥室，跟著她來到了次臥室。次臥室沒人，馬化龍、王向西、文盛西和歷隊幾人都醉倒在客廳，馬朵、歷江和仇群後來不知道什麼時候醒來就走了。

徐一莫關上了房門，推開窗戶，窗戶一開，窗外清冽的冷風就吹了進來，讓人精神為之一振。

窗外天氣很好，早晨的陽光正在鋪滿大地，預示著今天會是陽光明媚的一天。

商深還沒有洗臉，見同樣沒有洗臉的徐一莫依然清麗出眾，徐一莫只顧站在窗前吹風，似乎很享受的樣子，商深一拉徐一莫：「大早上別吹風，小心感冒。你到底有什麼事，快說，一會兒涵薇她們就醒來了。」

「商深……」

徐一莫回過頭來，一臉嬉笑，「你和范衛衛分手都這麼久了，怎麼還不考慮再找一個女朋友，你到底在等什麼？願無歲月可回首，且以深情度餘生。為有春秋能相逢，不將往事尋舊夢？你真這麼癡情？」

商深愣了愣，印象中，他從未對徐一莫明確說過他和范衛衛分手了：「誰說我和衛衛分手了？我們只是暫時分開而已。才過去半年多，她今年就要回國了，我和她還有一個三年之約。」

「行了，別騙我，也別騙你自己了。」徐一莫擺擺手，一副你少哄我的表情，「我早知道你和衛衛分手了，是她親口告訴我的。」

「什麼？」

商深大吃一驚，他都和范衛衛失去聯繫很久了，怎麼聽徐一莫的意思，她和范衛衛還有聯繫?!

「你和衛衛有聯繫？」

徐一莫不好意思地眨了眨眼睛，又捂住嘴巴笑說：「一直都有聯繫。」

「你怎麼不早告訴我。」商深一把抓住徐一莫的胳膊，激動地說：「她、她、她現在好不好？」

由於過度激動，商深朝前一撲的時候，沒留意到腳下被椅子一絆，身子收勢不住，就撞在徐一莫懷中。徐一莫驚呼一聲，身子朝後一靠，被商深逼到了牆跟。

商深就如霸道總裁一樣，兩隻手撐在徐一莫身後的牆上，將徐一莫籠罩在他的陰影下，用現在流行的詞語形容，就是所謂的「壁咚」。

「你要幹嘛？」徐一莫嚇了一跳，雙手護在胸前，如受驚的小白兔，「告訴你，我會跆拳道哦，一個打你兩個不成問題。」

商深撇嘴笑了笑，身子朝後一仰遠離了徐一莫，嘴角閃過一絲玩味的壞笑，隨後恢復正常：「衛衛她現在怎麼樣？」

「她很好，在美國正在學習管理學課程，今年畢業後，就正式申請美國的研究生。如果一切順利的話，她最少還要在美國待上至少三五年。」

徐一莫斜眼看著商深，目光中有挑釁和蔑視，似乎對剛才商深的舉動十分不滿，「她對我說，她決定和你分手了，不管她以後是在美國還是回國，永不相見。」

若無相欠，怎會遇見？若不相愛，不必責難，商深心情倏忽間落到谷底，不相愛了，也不一定非要成為仇人，更不用自此永不相見，范衛衛說出永不相見的話，傷了他的心，難道說，她真的這麼恨他？

「衛衛說，如果分手的戀人還能做朋友，要麼還在愛著，要麼從未愛過……所以，她選擇不和你聯繫，不和你再做朋友。」

徐一莫見商深情緒低落，知道商深對范衛衛用情很深，不忍心再打擊他，安慰道：「我想，你肯定明白她的意思。」

商深當然明白，范衛衛正是由於太愛他了，所以因愛生恨，選擇不再見他。如果她可以坦然地面對他，就說明她對他沒有恨了。沒有恨，也就沒有愛了。

「她還說，你給她的留言她都看到了，還讓你以後不要再發了，如果再發，她會把你刪除。」

徐一莫摸了摸商深的胳膊，安慰商深，「為了留一個念想，不讓別人拉你進黑名單，你以後就別再給她留言了。」

商深沉痛地點點頭，其實近幾個月來，他已經很少再給范衛衛留言了，每次看到范衛衛隱身的頭像，他就知道她還沒有拉他進黑名單，是為了保留最後的一絲懷念。

「你沒有告訴她事情真相？她見到的一切，其實都是誤會！」既然徐一莫和范衛衛有溝通管道，何不讓徐一莫替他解釋清楚一切？

徐一莫搖頭：「我提過，衛衛不聽，她說她相信她見到的一切，事實就是事實，再解釋也是沒用。」

商深一拳打在牆壁上，心在滴血。

徐一莫悄悄地吐了吐舌頭，心想：不好意思商深，我說了假話，其實我沒有怎麼跟范衛衛解釋你和薇薇間的誤會，不過天地良心，我沒有解釋但也沒有繼續誇大誤會，也算對得起你了，是不?!

「機場的一幕，衛衛應該不至於誤會我這麼深，難道還有什麼讓她誤會的地方？」商深總覺得哪裡不對。

「估計是吧，雖然我也不清楚還有什麼地方讓衛衛誤會……」

這一點徐一莫倒是沒說假話，她和范衛衛雖然聊得不少，但提到商深和范衛衛感情的時候不多，都是些天南地北的話題。

想了想不得要領，商深索性不再多想，自我安慰道：「也許有一天衛衛想通了，會再和我聯繫，到時我要向她好好解釋清楚，不管她對我有什麼誤會，我都可以問心無愧地說，我沒有辜負她！」

「真的嗎？」徐一莫俏皮地一笑，「你敢對天發誓沒有辜負范衛衛？」

「怎麼不敢？」商深舉起手指就要發誓。

「不要發誓，小心被雷劈。」徐一莫拉住了商深的手，「別的我不知道，我只知道你在酒店偷看了薇薇洗澡，還好意思說沒有辜負范衛衛，要是我是范衛衛，我也會和你分手。」

「我哪裡有偷看崔涵薇洗澡？」商深急了，徐一莫誣賴好人，又一想，不對，徐一莫怎麼知道崔涵薇和他在浴室的事，「你怎麼知道的？」

徐一莫一昂頭，一臉得意：「不告訴你。」

「快說。」商深情急之下抓住徐一莫的肩膀。

「別這麼激動，告訴你就是了，是薇薇告訴我的。」徐一莫眨了眨眼睛，道，「她說她渾身上下都被你看遍了，是不是真的？」

第九章

一語成讖

徐一莫推開商深，「商深，你上次答應過我，

如果你和范衛衛分手了，你就要和薇薇好，你現在已經和范衛衛分手了，

你必須履行承諾，必須和薇薇在一起。」

商深想起當時只是隨口一說，沒想到一語成讖，一時無話可說。

女孩之間真的是沒有秘密，什麼話都說？商深無語，也不知道崔涵薇是出於什麼心理，連這種事也要告訴徐一莫？

「臉紅囉，哎喲，大男人還會臉紅，看來是真事了。」徐一莫取笑商深，「怎麼樣，薇薇的身材還不錯吧？」

是不錯，你的身材也不錯，商深恨恨地想。我也看遍了你，要不要也告訴你一聲？還有，我沒有看遍崔涵薇全身，只看了她的A面沒看B面，倒是你，兩面都看到了。

不過商深也就是腹誹幾句而已，沒有說出口，他到底還是個優良青年。萬一徐一莫知道後又說給崔涵薇聽，他還要不要保持形象了?!

「衛衛在美國哪裡？」商深問。

「矽谷。」徐一莫回道：「知道矽谷在哪裡吧？」

當然知道，商深點點頭。「她還好吧？」

矽谷是聖塔克拉拉谷的別稱，位於加州北部以及舊金山灣區南部，一般包含聖塔克拉拉縣和東三藩市灣區的費利蒙市。最早是研究和生產以矽為基礎的半導體晶片的地方，高科技公司雲集，因此得名。

「還行吧。說實話，范妹妹真是個好女孩，但你和她就是有緣無分，別強求了，放下吧。曾經幸福的，痛苦的，該你的，該我的，到此一筆勾銷，然後一人天涯一人海角，多好。」徐一莫加大了攻勢，「你和薇薇才更般配，她比范妹妹更成熟更大方，上得了廳堂下得了廚房，醃得了鹹菜熬得了米湯，肯定會是一個賢妻良母。」

「別鬧了，就算我和衛衛分手了，我也不會和崔涵薇在一起。我就奇怪了，徐一莫，你為什麼總是這麼熱衷於撮合我和崔涵薇，你真有當媒婆的潛力。」商深埋怨。

「你不和薇薇在一起，和誰在一起？難道你又有新的目標了？」徐一莫對商深媒婆的形容毫不為意。

「是的，我有新目標了。」

「誰呀？快說來聽聽，讓我批評批評你的審美觀。居然放著薇薇不要去喜歡別人，真是太沒眼光，太沒水準了。快說是誰，讓我好好挑挑她的不足。」徐一莫忙問。

「她呀，遠在天邊近在眼前，就是你啊！」

商深見徐一莫上當了，拋出了他的答案。

「嘿，不是吧？」徐一莫開心地笑了，「如果你另外喜歡的人是我的話，我就不挑剔了。實話告訴你，如果你見過我的身體的話，你會發現我比薇薇的身材還好。」

不會吧，商深還以為徐一莫會不好意思或是發怒，不想她居然若無其事，還很受用，就用手一摸徐一莫的額頭：「你沒喝多吧？沒發燒？」

「去你的。」徐一莫推開商深，「商深，我鄭重其事地告訴你，你上次答應過我，如果你和范衛衛分手了，你就要和薇薇好，你現在已經和范衛衛分手了，你必須履行承諾，必須和薇薇在一起。」

「……」

商深想起還真和徐一莫說過這句話，當時只是隨口一說，沒想到一語成讖，而且徐一莫居然還記得這麼清楚，一時無話可說，只好辯稱：「這個，這個，涵薇不喜歡我。」

「你睡也睡了，看也看了，如果薇薇不喜歡你，她會和你合開公司？你知道她為了這個公司付出多少心血？你知道她和她爸媽、哥哥吵了多少次架？她和范衛衛不一樣，范衛衛心思淺，藏不住心事，她有什麼苦什麼難都自己受著，不會告訴你。如果僅僅是為了合開一家公司，她完全可以和別人合夥，然後聘你當總經理也行，為什麼非要拉你入股？因為她不但看重你的才華，在意你的成就，更因為她喜歡你！」

徐一莫把憋在心裡的話如機關槍一樣全部釋放了出來，她太瞭解崔涵薇對商深的感情了，滿懷對崔涵薇的同情和憐惜。

商深驚呆了，崔涵薇對他真的如此用情？

「她怎麼不自己對我說？」

「男人，你的名字叫虛偽。」徐一莫不想和商深理論了，「你覺得一個女孩為你付出了那麼多，還要再端正地坐在你的面前，一板一眼地對你說，商深你好，我很喜歡你，真的很喜歡你，你也喜歡我好不好？別說薇薇了，就是我，我也沒法這麼下賤地去求你喜歡我！商深，你夠了。」

好吧，商深摸了摸鼻子，無奈地一笑：「我……」

「你什麼你？」徐一莫走到門口又站住了，「你自己說過的話，自己要記得兌現，拿出男人樣來，別讓我看不起你，我就不計較你偷看我身體的事了，不過你給我記住了，如果有一天薇薇和你掰了，而到時候我還沒有男朋友的話，你就從了我。否則，哼哼，我跟你沒完。」

話一說完，徐一莫摔門而去。

商深愣在當場，半天沒有挪動一步，不是吧，原以為當時徐一莫醉得一塌糊塗，不知道發生了什麼事，原來她什麼都知道，糗大了，真是糗大了。商深頭疼，以後要如何和崔涵薇共事，和徐一莫相處呢？

正想得頭大時，門一響，崔涵薇推門進來。

「發什麼愣呢？走，今天是新年第一天，去公司看看。說好了，藍襪、一莫和衛辛都一起去。」

崔涵薇如往常一樣一拉商深的胳膊，「走呀，別傻站著了。」

商深如夢方醒，躲開了崔涵薇的胳膊，像不認識一樣打量了崔涵薇幾眼：「你們女孩子之間，是不是無話不談？」

「女孩子秘密多，沒人說的話，就只能和閨蜜說啦。怎麼了？」

「沒什麼，我只想問，徐一莫、藍襪還有衛辛，到底誰是你最親近的閨蜜？」商深問。

「想什麼呢你，突然這麼奇怪。」

崔涵薇笑了，不過還是回答了商深，「當然和一莫關係最好了，我和她從小一起長大，其次是藍襪，然後是衛辛。藍襪和我算不上閨蜜，但關係比一般的朋友要好。我家和她家是世家之好。」

崔涵薇向藍襪借了三百萬，利用藍襪的資金總算成功地成立了公司。公司的股權比例是崔涵薇持股百分之六十，擁有絕對控股權，藍襪持股百分之二十，是第二大股東，商深持股百分之十，是第三大股東，剩下的百分之十用來和馬化龍和王向西的新公司交叉持股。

藍襪借崔涵薇三百萬，確實就如拿出三百元一樣，甚至連個借條都沒讓崔涵薇打，讓商深嚴重懷疑藍襪的家世到底有多深厚。不過崔涵薇沒說，藍襪沒提，他也沒有多問。

當然，藍襪既然入股了公司，也要出資，她出資一百萬，也就是說，到時崔涵薇只需要還她兩百萬就夠了。至於她是怎麼和崔涵薇達成一致，以及崔涵薇怎樣瞞過她爸媽和崔涵柏，商深就不得而知了。

雖然崔涵薇在他面前總是表現出淡定從容的姿態，但他隱約也能猜到，在背後，崔涵薇承受了巨大的壓力。好在因為有藍襪的加入，他退到了第三大股東的位置，崔涵薇可以減少一些來自家族的壓力。如此她可以對家裡聲稱公司是她和藍襪合開的。

對崔涵薇和徐一莫、藍襪以及衛辛的關係，商深一直沒有多問，崔涵薇也沒有多說，現在他忽然有了強烈弄清四個女孩之間關係的欲望。都說三個女人一台戲，好吧，就算崔涵薇她們還不算女人，算是女孩，四個女孩肯定

也可以上演一台戲了。

聽說要去新公司，馬化龍、王向西和文盛西、歷隊都有興趣，商深就以公司股東的身分盛情邀請幾人一起去參觀。

在樓下簡單吃過早飯，一行九人分別上了崔涵薇的寶馬和藍襪的賓士，一前一後駛出了社區。

商深坐在崔涵薇的車上，他不經意朝外面望了一眼，發現了一個熟悉的身影——和前一次只是晃了一眼看不分明不同，這次他看得清清楚楚，不是別人，正是葉十三。

而且還不是葉十三一個人，還有畢京和兩個女孩，一共四個人，其中一個女孩他也認識，杜子清！

杜子清不是和葉十三分手了，怎麼又在一起了？一個疑問在商深腦中一閃而過，想再看得清楚時，葉十三一行已經消失在汽車的後視鏡中。

還好，商深並沒有看到在葉十三一行的前面還有幾個人過去了，如果讓他看到，他肯定會震驚得無以復加。因為那幾個正是黃廣寬、朱石和黃漢。

「看到誰了？」

崔涵薇從後視鏡望了一眼，沒有看到任何異常，她剛才只顧觀察路況，沒留意後面。

崔涵薇的車上坐了五個人，除了她和商深外，還有徐一莫、衛辛和馬化龍。馬化龍坐在後座兩個美女的中間，十分淡定從容，目不斜視，頗有君子風範。

「葉十三、畢京和杜子清，還有一個女孩，黃頭髮大耳環，不認識。」

「伊童！」

崔涵薇立刻想到了是誰。伊童在京北花園有幾套房子，大部分時間伊童也住在京北花園，只是她不明白伊童怎麼會認識葉十三、畢京和杜子清幾人。

「怪事了，伊童怎麼會和葉十三他們在一起？以前她不認識他們，應該是最近的事，最多不超過半年。」

葉十三和商深的關係，她已經聽商深說過了，至於商深和葉十三的恩怨，商深只是簡單一提，並未深說，但她也大概猜到了八九。有時候關係越好的人傷你卻最深，男女之間如此，男人和男人、女人和女人之間的友情也是如此。

我們都很容易犯同一個錯誤——對陌生人太客氣，而對親密的人太苛刻。對無關的人太禮貌，而對最愛的人太挑剔。

商深也從崔涵薇口中聽到了葉十三和她認識的經過，以及葉十三被祖縱、崔涵柏暴打的過程，不知道該怎麼評價葉十三的為人，說他見異思遷也好，說他傻得可愛也罷，他毫不掩飾自己的熱愛並且敢於表露自己的情感，也不能說他多丟人。

但讓商深所不恥的是葉十三對杜子清的態度，既然不愛杜子清，何必還要和她在一起。不愛就不要傷害，愛了的傷害，可以說是情非得已；不愛的傷害，就是無恥下作了。

杜子清也是，明知道葉十三對她沒什麼感情，卻還要和他在一起。明明已經說要分手了，怎麼又回到他的身邊？難道她還想和葉十三做普通朋友不成？人生有許多悲劇的原因就在於生活習慣和感情上的不同步，商深暗暗嘆氣，不知道該怎麼評價杜子清的所作所為了。

不過……先不管杜子清了，商深想到了其中的利害關係：「沒想到葉十三、畢京和伊童走到一起了。」

「啊，不是吧？葉十三和伊童混到一起？我的個乖乖，這下還真的兩軍對壘了。」徐一莫誇張地說，「薇薇，好戲真的要上場了。」

「什麼好戲？」馬化龍問。

伊童成立眾合互聯網資訊服務有限公司的事，崔涵薇也有所耳聞，但伊童和誰聯手，她並不清楚，現在忽然想明白了：

「打擂臺的好戲……小馬哥，我家和伊家是商業上的競爭關係，伊童因此也對我有些敵視。本來我和商深、藍襪成立公司，想要進軍互聯網行業，誰知伊童也成立了眾合互聯網資訊服務有限公司，也要投身到互聯網的浪潮中。好吧，其實我也沒有多想她成立眾合和我有什麼關係，但剛才商深看到葉十三和她在一起，就不得不讓人多想了。」

「葉十三又是誰？」馬化龍饒有興趣地笑了，「做生意不是鬥氣，是為了創造財富。一鬥氣，人的氣量就小了。氣量一小，視野就狹窄了，做事就落了下乘。」

「說得也是，可是沒辦法，有些人就喜歡處處和人做對，似乎只有打敗別人才能顯出自己的本事一樣。」崔涵薇一攏頭髮，嫣然一笑，「葉十三是商深的發小，他和商深的恩怨，還是讓商深來說吧。」

「我說，我說。」徐一莫搶先說道：「小馬哥，不瞞你說，葉十三人長得倒是不錯，人高馬大，比你高，比你帥，要是去演戲，沒準能成為比劉德華還火的明星，可惜的是，他演戲的天賦用在了生活中，就成虛偽了。他和商深的故事，說來話長……」

「說來話長就不要說了。」商深打斷徐一莫的話，回頭衝馬化龍一笑，「小馬哥，其實我和葉十三也沒有什麼不可化解的矛盾，只不過可能是太熟了，他總是對我很挑剔，很想和我一比高下。」

「為什麼不讓我說？我偏要說。」徐一莫搶過商深的話，「葉十三不是對商深挑剔，他是對自己太挑剔。本來他有一個女朋友叫杜子清，但他卻不是喜歡她，不喜歡的人還和她在一起，說明葉十三人品有問題。後來葉十三遇到了薇薇，只見薇薇一面就說對薇薇一見鍾情，死纏爛打非要薇薇的聯繫方式，薇薇沒有給他。現在薇薇和商深在一起了，如果讓葉十三知道，葉十三更會恨死商深了，肯定會認為是商深搶了他的夢中情人。」

「原來如此。」馬化龍笑笑，雲淡風輕地說道：「商深，如果你的公司成立後，葉十三處處針對你，你怎麼回擊？」

「互聯網很大，廣闊無邊，足以容納無數公司共存雙贏。」商深哈哈一笑，不以為意。

「互聯網的大海裡，小魚很多，但大魚畢竟還是少數，我認為早晚會形成幾家巨頭壟斷的局面，就如美國的微軟和ＩＢＭ一樣。只有小公司才會說共存雙贏，真正的巨頭眼中只有併購、吞併。」馬化龍一針見血的說。

商深承認馬化龍的話很正確，問題是，在沒有成為大公司之前，只能先追求共存和雙贏，志當存高遠沒錯，但再高遠的志向，也要先從眼下的腳踏實地開始。

「如果葉十三針對的是我，我採取的方法是避其鋒芒，緊隨其後，積蓄實力，伺機反擊。」

馬化龍向商深提出問題，其實不是聽到商深的答案，而是想說出他的想法，「就和我們學習ＩＣＱ一樣，在別人成功的基礎複製屬於我們的成功，方法既簡單又便捷，而且還會少走許多彎路。」

「複製？不就是抄襲嗎？小馬哥，我覺得抄襲別人總不是那麼光明正大，為什麼不自己獨創呢？」

徐一莫毫不客氣地回擊馬化龍，說出自己的看法。

「退一萬步講，抄襲ＩＣＱ還說得過去，好歹人家成功了，跟在葉十三的後面抄襲他就太丟臉了吧？為什麼不一馬當先，衝鋒在前，讓別人跟在後面追我們呢？」

「當領跑者太累，不如當跟隨者。誰成功就複製誰，當然，複製不是抄襲，是在複製的基礎上進行再創新再拓展。牛頓說過，如果說我比別人看得更遠些，那是因為我站在了巨人的肩膀上的緣故。」

馬化龍並不和徐一莫辯論誰對誰錯，只是陳述自己的想法，「商深，你覺得我們的OICQ推出後，會成功嗎？」

「會。」

商深先不予評論馬化龍的複製想法是對是錯，互聯網時代是一個前所未有的時代，有許多新的觀念，新的理念伴隨著互聯網的出現而誕生，同時，互聯網也打破了許多行業的界限，突破了以前傳統的約束，相信要經過相當長的一段探索摸索和適應期後，才會有一個相關的規範出爐。

「這麼肯定？」馬化龍開心地笑了。

「因為ICQ成功了，所以OICQ一定也會成功。」商深也笑了，「跟隨、學習、模仿、複製然後再超越，是目前國內互聯網的現狀。OICQ彌補了ICQ的所有不足，不但是中文介面，而且功能也多，更適合國人的習慣。」

「ＯＩＣＱ有正式測試版本了？快給我，我要搶先試用，免費替你們測試。」徐一莫最熱衷於網路聊天，所以對ＯＩＣＱ興趣最大，「我上次正和衛衛聊天，忽然就當機了，後來發現還是ＩＣＱ的相容問題導致的。唉，ＩＣＱ不管是登錄介面還是操作功能都太難用了，有些設計簡直就不是人用的。我覺得如果再不改進的話，ＩＣＱ早晚會玩完。」

「好，沒問題，回頭發給你測試版，不過不許外傳啊。」

商深正想進入內部測試階段，徐一莫作為資深的ＩＣＱ愛好者，讓她來嘗鮮最合適不過了，又一想說：「你也發給衛衛，讓她在美國也幫忙測試一下。」

到了誠鑄大廈，停好車，一行人上了十八樓，來到一八〇九號房。

這是一個大約五十多平米的房間，已經做好隔間，除了公共區域外，還有兩間經理室，商深一間，藍襪一間，儘管藍襪說她不會常來公司，會常在中關村，但還是為她預留了辦公室。

商深的辦公室中還留了崔涵薇的位置，崔涵薇本來可以自己單獨一間辦公室，後來不知道出於什麼考慮，決定和商深同屋辦公。

藍襪雖然家世顯赫，卻不知道出於什麼原因，既不在自家的公司任職，也不去大公司上班，而非要在中關村租個櫃檯賣電腦耗材。箇中原因十分耐人尋味，商深也沒多問，只當是富家小姐的特殊喜好。

「不錯，不錯，很有新氣象。也許不用多久就可以租下一層樓了。公司的理念很好，一切以用戶價值為依歸，正是互聯網未來發展的方向。」

歷隊轉了轉，對這裡讚不絕口。

文盛西東看看西摸摸，搖搖頭：「擺上幾台電腦，聘幾名員工，就是一家公司了？我總覺得不太靠譜，沒有可以銷售的東西，怎麼賺錢？」

「哈哈！」馬化龍大笑，「盛西，你的思維還是停留在傳統零售業上，不是互聯網思維。互聯網企業也出售東西，不過出售的不是實物，而是提供精神享受。就比如你看一場電影，你得到什麼？既不是一個光碟也不是一包影印紙，而是一場視覺盛宴，但你卻願意付費觀看，為什麼？因為它會帶給你精神上的愉快。互聯網的發展方向也是一樣。」

「理解不了，理解不了。」文盛西搖搖頭，無奈說道：「算了，我還是賣我的電子產品好了，不和你們一起跳進互聯網的大海了。」

「你早晚會『跳海』的。」王向西在徐一莫面前似乎不太放得開，一直話不多，文盛西的話引起了他的發言欲，「盛西，我敢打賭，五年內如果你還不進入互聯網的話，你會後悔一輩子。」

「五年？現在是一九九八年，五年後是二〇〇三年，好，我和你打賭。如果五年內我還沒有觸網，你賠我什麼？」

文盛西和王向西擊掌。

「你想要什麼？」王向西瞇著眼道。

「我女朋友和我分手了，現在我是一個人。這樣吧，五年內如果我還沒有觸網，而且還沒有女朋友的話，你負責為我介紹一個女朋友，必須年輕漂亮溫柔賢慧類型，愛家顧家持家，怎麼樣？」

「哎呀，這個難度太高了，這麼好的女孩要是我遇到了，我也會喜歡，估計等不到介紹給你認識，就成了我老婆了。」王向西開玩笑。

「哈哈。」文盛西也大笑起來，「好，如果你遇到了，你先娶。等你再遇到了，記得介紹給我。」

「這個沒問題。」王向西搓搓手，下意識看了徐一莫一眼。

徐一莫眼尖，立刻就察覺到王向西的舉動，連忙擺手：「你們不要扯上我，我可有言在先，第一，我不溫柔賢慧，第二，我愛家顧家但不會持家，

第三，好吧，沒有第三了，反正意思你們也明白了，對吧？」

「明白什麼？」文盛西跟不上徐一莫的思路，納悶地說：「我們剛才沒有扯到你呀。」

「算了，不和你說了，怪不得小北不要你，你就是太笨，不解風情。」

徐一莫白了文盛西一眼，又衝王向西甜甜一笑，「王哥，你明白我的意思吧？」

王向西撓了撓頭：「其實盛西的條件你都具備，別小看自己。」

「停，停。」徐一莫甩手做了個暫停的手勢，然後一指商深的辦公室，「下面是開會時間，要商量可以影響世界和人類進程的大事，不說情呀愛呀的個人小事。」

文盛西還是沒懂徐一莫的意思，一頭霧水地高談道：「政治和經濟是決定人類的大事，但情愛也是影響世界的大事，如果都不結婚生子，人類不延續了，世界也就不用運轉了。所有的努力和付出，不就是為了人類的生存和延續嗎？」

「懶得理你。」徐一莫氣呼呼地說：「以前我以為商深是木頭，現在才知道，和你相比，他機智多了。你不是木頭，根本是石頭。」

王向西、藍襪、衛辛和馬化龍聽了都哈哈大笑。

接著一行人來到商深的辦公室。商深的辦公室格局很簡單，一張寬大的辦公桌，一台桌上型電腦，一台筆電，一個舒適的辦公轉椅，還有一組沙發，飲水機，除此之外，就是辦公桌後面空蕩蕩的書櫃了。

幾人依次在沙發坐下，崔涵薇當仁不讓地坐在辦公桌後面的主位上，商深就不客氣地坐在桌子上，徐一莫更不客氣地坐在商深的身邊。

馬化龍注意到了一個小細節，不由暗暗一笑，商深坐在桌上的時候，藍襪本想坐在商深身邊，不料她才一有動作，卻被徐一莫搶了先。徐一莫嘴快眼快動作快，一般人都比不上她。

由於晚了一步，藍襪眼中閃過一絲不甘和失落。

「施得電腦系統有限公司已經註冊，員工也招聘到位，幾天後就可以正式開張了。」崔涵薇環顧眾人，儼然大老板的派頭，「在公司正式開張前，請大家為公司的發展出謀獻策，共同規劃未來的互聯網藍圖。」

「我和向西的公司今年也會成立，我之前和商深達成了共識，我們的企鵝計算系統有限公司和施得計算系統有限公司交叉參股，同時，商深也介入OICQ的開發中。」馬化龍回應崔涵薇，「如果以後兩家公司再發展壯大

了，交叉持股的比例可以再根據實際情況進行調整。」

「好，這個問題以後再討論也不遲，反正你們的企鵝電腦有限公司一時半會也成立不了，先說說施得下一步的發展。」

崔涵薇端莊優雅的姿態，還真有幾分董事長的作派。

「我的想法是……」馬化龍也坐正了身子，「以OICQ為主，以其他軟體為輔，把主要精力放到OICQ上。」

商深環顧眾人，馬化龍低調，王向西認真，藍襪好奇，文盛西心不在焉，歷隊凝神，衛辛一臉淡然，然後說：

「首先，我贊成小馬哥的提議，目前主要精力放到OICQ上，但OICQ推廣期會很長，估計短期不會見到效益，所以公司還要考慮到收支平衡的問題，必須有一項可以維持公司日常運轉的經營項目才行。」

「賣電子產品怎麼樣？」文盛西插了句嘴。

「說過了，不賣任何硬體。」崔涵薇瞪了文盛西一眼，「你就賣你的電子產品就行了，別拖我們下水。」

「我倒認為OICQ推向市場後，應該很快就可以見到收益。」馬化龍比商深樂觀，「當然，我也支持你們開發別的軟體推向市場。我有一個不成熟的想法，現在市場上最火的軟體是五筆字型和KV300，你們可以模仿這兩款軟體，在他們的基礎上創意並且拓展，也許會有意外的收穫。」

「五筆輸入法是免費軟體，沒有收費市場，KV300有獨特的技術，王江民是殺毒方面的天才，天才的思維不可複製，況且KV300有加密技術，很難破解原始碼。」商深搖搖頭，否定了馬化龍的想法，「跟在別人後面只能是追隨者，我想做一個開拓者，哪怕只是某一個方面的開拓者。」

「對，我支持商深的想法，開拓者有時雖然會走彎路，甚至會摔跤，但至少有自己的風格有自己的創新。不走尋常路是我的座右銘，商深，我建議你繼續和我合作，推動七二四軟體的全面優化。」歷隊對商深表示支持。

「商深，你想開發什麼軟體？」

王向西對商深的想法不置可否，卻問起了商深的創意。

「嗯，我的初步想法是繼續和歷隊開發七二四軟體，同時我自己也編寫了一個管理電腦的軟體，可以方便地讓用戶在WINDOWS介面上查看啟動項並且選擇禁止啟動、查殺病毒並且清理電腦系統的垃圾，名字我也想好了，叫管理大師。」

「這個創意好。」文盛西一拍大腿站了起來，「不瞞你說，我就對電腦啟動太慢、經常產生垃圾檔十分不滿，但我不會進入管理項目，更不會清理電腦垃圾，如果真有一個在WINDOWS介面很方便地管理電腦的軟體，我一定第一個裝。商弟，你的軟體寫好沒有？寫好的話先給我測試測試。」

商深笑道：「寫好了，回頭給你。」

「主意是不錯。」王向西點頭，心想商深不但是一個編程天才，也是一個市場天才，居然想出了這樣好的主意，他怎麼就沒有想到呢？

一個始終以用戶為第一的公司，必定是一家可以走得長遠的公司。一切以用戶價值為依歸，也是他以後的指導思路。

第十章

向天才致敬

「代俊偉是個不世天才。」商深目光中充滿嚮往之意，

「我一定要認識他一下，向他致敬。

他的搜尋引擎思路就如神來之筆，點亮了互聯網的天空，

讓人有一種眾裡尋他千百度，驀然回首，那人卻在燈火闌珊的豁朗感覺。」

王向西繼續道：「商深，以前出現過不少天才的程式員，但大多數除了編寫軟體外，並沒有市場頭腦，所以在單機時代是他們的天下，因為單機時代不需要考慮到更廣泛的需求，個人英雄主義就可以成功。但在互聯網時代，思維就不一樣了。互聯網時代是串聯的時代，串聯就要考慮到整個市場，考慮到所有用戶的需求。」

「沒錯，互聯網時代和單機時代最不同的一點是，互聯網時代用戶的訴求會最直接地從軟體的下載量上反應出來，而且用戶的習慣對軟體使用上的不便，都會有直接的反應。」商深對王向西的說法深以為然，「所以我編寫的管理大師軟體，一開始會走免費的模式，等用戶養成了習慣，離不開管理大師軟體之後，再考慮收費。」

「這個想法不錯，先免費試用，『先嘗後買，知道好歹』，哈哈，商弟，你還挺有經商天賦的嘛，要不乾脆跟我一起來中關村擺攤吧。」文盛西又鼓動商深了。

「商深賣的是智慧，他是生產商兼銷售商，你賣的是產品，你只是銷售商，你和商深不能相提並論。」崔涵薇對文盛西很是不滿，「你不要搗亂好不好？我們現在討論的是互聯網思維，不是傳統的零售模式。」

「好，好，我不說話了行吧？」文盛西舉起雙手告饒。

崔涵薇噗哧笑了，看了藍襪一眼：「你覺得呢，藍襪？」

藍襪想了想說：「除了開發軟體之外，同時再上線一家網站不是更好？」

「上線一家網站哪有這麼容易，先不說開發網站的程式，光說網站需要大量的人力物力，就讓人承受不起。」徐一莫不請自答，她眨了眨眼睛，「我有一個主意，商深可以再編寫一個適用於全互聯網的搜尋引擎。」

此話一出，舉座皆驚！因為在座之人，除了商深之外，馬化龍、王向西和歷隊都是編程高手，就連文盛西也有過編寫經驗，知道編寫程式的難度和不易，更知道編寫一個搜尋引擎的難度有多高。

更主要的是，徐一莫明顯不懂編寫程式，怎麼會說出搜尋引擎這樣的專業術語？要知道，到目前為止，搜尋引擎的說法還只是一個概念，國內還沒有高手可以編寫一個適用於全互聯網的搜尋引擎。

「你怎麼知道搜尋引擎這個說法的？」

王向西像不認識徐一莫一樣看著她，他知道徐一莫既不是互聯網高手，也不是ＩＴ專業出身，更算不上電腦人才，在搜尋引擎還是業內專業術語和最高難題之時，徐一莫竟脫口而出，這就和一個三歲小孩說出程式代碼一樣驚人。

「為什麼要告訴你？小瞧人是吧？我就不能知道這個啊？」徐一莫嘻嘻一笑，沒理王向西，轉身對商深說：「這說來還得感謝你的前女友。」

商深一愣：「衛衛？」

「是范衛衛，不要叫得這麼親熱，已經是前女友了好不好？」

徐一莫對商深意見很大，似乎商深稱呼范衛衛為衛衛多傷她的心一樣。她也不顧眾人在場，申誡道：「記住了，商哥哥，以後要改口啦。不改口，我就不告訴你事情真相。」

這都什麼和什麼呀，不過見徐一莫一臉認真的樣子，而且又在眾目睽睽之下，他不好駁她面子，只好勉強笑道：「真矯情，好吧，范衛衛。」

「快說，到底是怎麼回事？」

王向西很著急，因為搜尋引擎的技術一直是美國領先，國內還沒有突破，如果能間接透過在美國的范衛衛瞭解到一些情況，也算是內幕消息了。

「范衛衛住在矽谷，正好認識一個在美國留學定居的中國人，叫代俊偉。代俊偉北大畢業後，在紐約州立大學完成碩士學位，和他的夫人一起留在美國。巧的是，他正好是衛衛鄰居。更巧的是，衛衛和代俊偉的太太馬西捷原本就認識……」

徐一莫挺有講故事的天賦，抑揚頓挫不說，還很有停頓的技巧。說到這裡時，故意停下來。

「後來呢？」

等了片刻，王向西終於按捺不住了，主要也是他太想瞭解搜尋引擎技術了，搜尋引擎是ＩＴ業內的高端難題，目前國內無人解決，他曾經試圖挑戰過，結果功敗垂成。雖然他在改寫ＩＣＱ時不覺得困難，卻始終逾越不了這個高峰。王向西無奈地被迫承認，搜尋引擎是他無法攻克的難關，是他的人生瓶頸。

「急什麼，又不是說給你聽，你湊什麼熱鬧？」

徐一莫對王向西絲毫不假顏色。在深圳時，她還一口一個王哥叫得十分親切，半年沒見，再和王向西相遇，她不但不叫王哥，還態度大變，誰也不知道她對王向西有什麼意見。

王向西尷尬地說：「徐妹妹，我沒得罪你吧？你幹嘛對我這麼兇啊？」

「你不但沒有得罪我，還幫過我，我其實一直挺感謝你的。」徐一莫忽然又笑了，解釋道：「但剛才的事你不該問，應該是商哥哥來問，你問了，就是不懂事。」

商深有些無語，徐一莫太氣人了，一方面鼓動他和范衛衛分手，另一方面，只要涉及到范衛衛的問題偏偏又要讓他發問，她是故意刁難他。

不過又一想，算了，好男不和女鬥，何況她如此對他，八成是對他看光她的身體一事仍然耿耿於懷吧。

商深猜對了，近幾個月，徐一莫其實有很多機會和商深見到面，不過她都特意避開了，因為她想起了事情真相，是她半夜去洗澡，結果走錯浴室，回來後睡在商深的床上。睡就睡吧，問題是，她只穿了內褲，沒穿內衣！更要命的是，商深還和崔涵薇聯合起來騙她，讓她誤以為她一開始就是睡在小房間，讓她不想還好，一想就氣憤難平。

商深看了她也就罷了，竟然還看了崔涵薇……

徐一莫不知道該怎麼形容自己當時的心情，是該大罵崔涵薇重色輕友，還是該痛恨自己太傻太笨，居然主動送到別人床上。

問題是，她自認身材無人可比，都服務到府的送到床上來了，商深居然無動於衷，還視若無睹地轉身離去，偷偷跑掉，他還是個生理正常、心理健康的男人嗎？難道她真的沒有一點魅力？真是太傷她心，太傷她自尊了！

徐一莫對商深的怨念就如夏天的野草一般瘋長，一連長了幾個月，幾乎長成了一棵參天大樹。

日子越久，越在她心裡堵塞，讓她憋得難受，偏偏女孩的矜持和羞澀又不能對商深當面問個清楚，讓她對商深怨恨交織，恨不得找個機會測試一下商深到底是不是個正常的男人。

其實商深當然該有的反應都有，只不過努力克制了自己的慾望，沒有採取進一步的動作而已。

「好吧，我來問。」商深咳嗽一聲，見眾人都一臉促狹的盯著他，摸了摸鼻子，「後來呢？」

「後來嘛……」徐一莫瞥了商深一眼，風情無限，「後來衛衛就和代俊偉、馬西捷夫婦熟悉了，熟悉後，慢慢瞭解到他們的事。」

代俊偉出生在山西陽泉，童年時曾經學過戲曲，被山西陽泉晉劇團錄取。但中學時，他受到考入北大的三姐的激勵，放棄戲曲，發奮學習，在一九八七年考上北大資訊管理系。

一九九一年，代俊偉來到美國紐約州立大學攻讀碩士學位，畢業後去華爾街的道瓊子公司上班，成為金融界的資訊系統設計人員。

如果沒有三姐的激勵，也許華爾街會少一個天才程式員，而晉劇團會多一個三流的戲曲演員。

九五年，代俊偉在一次中國留學生聚會上見到了馬西捷。馬西捷比代俊偉小兩歲，當時正在紐澤西州立大學生物系攻讀博士學位。

談吐睿智、有魅力，大方得體的馬西捷一下子吸引了代俊偉，因為他發現這個女孩不但漂亮而且極其聰明，漂亮的女孩常有，聰明的女孩也常見，但既漂亮又聰明的女孩就少之又少了。

代俊偉對馬西捷一見傾心，立即對馬西捷展開了猛烈的攻勢。半年後，代俊偉和馬西捷就踏上婚姻的紅毯。不久，有了一個可愛的女兒。

「不對不對，我是想聽搜尋引擎的技術問題，不是代俊偉的個人私事，我對他的愛情故事和婚姻不感興趣。」王向西聽來聽去覺得不對味，忙發出抗議，「一莫，別扯遠了，說重點。」

「你懂什麼？任何一個成功者的背後，都會有一個對他起到至關重要作用的女人。商深失戀了，文盛西也失戀了，失戀讓他們成長，也會促進他們的成功，你信不信，以後他們會感謝今天的失戀。」

「怎麼又扯上我了？」文盛西不滿地瞪了徐一莫一眼，又嘻嘻一笑，

「說商深就行了，別說我，我臉皮薄，害羞。」

對文盛西毫不猶豫出賣朋友的行為，商深本想予以譴責，不過還沒等他開口，崔涵薇卻先說話了。

「馬西捷我也認識，她是紐約留學生圈裡的公主，人長得漂亮，家世也很好。我當年留學的時候，和她有過接觸，印象中，應該也看過代俊偉，不過記不太清楚了。」崔涵薇歪頭想了想，「如果我沒記錯的話，代俊偉長得很北方人，方臉，濃眉大眼，個子挺高，一眼看上去就是個帥哥。」

「比我還帥？」商深摸了摸下巴，搞笑地問。

「你和他是不同類型，他屬於很方正的那種，你是既有技術氣質又有靈活多變的性格，相對來說，你和馬化龍的相似處更多。」崔涵薇擺擺手，「不說了，不說了，聽一莫繼續說下去。目前還沒有真正意義上的搜尋引擎，搜索結果冗雜，如何識別網站質量、防止作弊，成為一個難以突破的技術瓶頸。如果代俊偉真能突破搜尋引擎的技術瓶頸，他就是個了不起的天才。」

「你還真猜對了，代俊偉就是個了不起的天才。不過他的天才之路總是伴隨著馬西捷的影子，知道我為什麼特意強調馬西捷的存在了吧？因為如果

沒有馬西捷，或許就沒有代俊偉的成就。」

徐一莫仰起小臉，迸發出迷人的光芒，彷彿是向王向西示威一樣。王向西挺直了身子，又收了收腿，似乎是被徐一莫咄咄逼人的氣勢逼退了。

代俊偉是個慢性子的人，而且容易受環境影響，當年他出國留學也是認為國內的氛圍太沉悶了，如果待下去的話，或許會成為一個成天喝茶看報，沒有上進心的上班族。於是自己制定了出國留學的目標，拼了一年多，終於考上紐約大學計算機系。

和馬西捷結婚後，代俊偉慢慢又有了惰性，此時他坐擁高薪，在矽谷有豪華別墅和名車，同時馬西捷也在矽谷一家高科技公司找了份收入豐厚的工作，此時可謂事業有成，順水順風。

代俊偉很為自己的成就感到洋洋得意，原以為要奮鬥多年才會擁有的夢想生活，沒想到年紀輕輕就達到了人生的最高境界，他一下失去了奮鬥的動力，也沒有了前進的目標，準備就這樣安度一生。

他在自家別墅門前的草坪清理出一塊空地，全部種上蔬菜，每天下班後親手伺弄一番，既當運動，鍛煉身體，又可以陶冶情操，還可以吃到親手種的青菜，一舉數得。然而，馬西捷卻對丈夫卻有更高的期望，她認為代俊偉應該運用他所學的知識更上一層樓，而非只是安於現狀。

「你在資訊技術領域是頂尖專家，應該獨立創業，而不是一直屈居人下。俊偉，你的名字包含了才德出眾的意思，我希望你是才智出眾的鴻鵠，而不是目光短淺的燕雀。」

馬西捷苦口婆心地對代俊偉展開攻勢，希望代俊偉可以另起風帆。但代俊偉不為所動，對馬西捷的話不以為然。

幾天後，代俊偉下班回家，才一進門就發現草坪上的菜全被拔掉了，亂七八糟地堆放在門前，兩名工人正在重新鋪弄草坪。

代俊偉對菜地傾注了許多心血和感情，看到如此情景勃然大怒，怒氣沖沖地對馬西捷說：「我的菜馬上就要收成了，你幹嘛都毀了？你太過分了。」

馬西捷回道：「我如果不毀掉菜地，菜地就會毀掉我的丈夫。我毀的不是菜地，是你的懶散，你的懈怠，你的安於現狀！你是世界頂尖的ＩＴ專家，現在互聯網浪潮即將來臨，你不投身到互聯網浪潮中搏擊風浪，卻要當個沒有出息的農夫！我不希望我的丈夫遠渡重洋來美國，只是為了在美國種菜，當個加州農夫！」

馬西捷的話如一記驚雷在代俊偉耳邊炸響，深深刺痛了代俊偉的心，他的天空有閃電閃過，照亮了他的安逸。現在就連國內也是熱火朝天地奏響了互聯網的號角，許多人紛紛創業，他卻在美國為美國人打工，並且沾沾自喜地認為自己取得了成功。

哪裡成功了？說到底，他只是老闆的一個隨時可以替換的小人物而已。當年他考北大、考托福時的奮鬥精神哪裡去了？

想通後的代俊偉走到默然流淚的馬西捷面前，輕輕地挽住她，承認了自己的錯誤：「你說得對，我是應該幹點事了。」

馬西捷這才破涕為笑，鼓勵道：「對，不要辜負你超群的才華，不要浪費你的青春。現在正是互聯網創業的最佳時機，你還想等到別人都成了億萬富翁，成了影響許多人的大人物時，再拿著自己微不足道的成功來證明自己的才華？」

其實代俊偉此時已經是搜索領域的專家了。一九九六年，廿八歲的代俊偉在道瓊公司擔任高級技術顧問時，就已經牽頭開發了《華爾街日報》網路版的即時金融資訊系統，這也是全球第一個網路即時金融資訊系統。

每天有多達十五萬條的資訊，如此海量的資訊，使用者很難快速找到自己想要的資訊，在這樣的前提下，就迫切需要一種快速並且準確的檢索技術來破解這樣的難題。代俊偉苦思如何解決搜索準確性技術，一直沒有想到很好的解決方法，難住了他。

一九九六年四月，一場關於資訊檢索方面的學術會議在賭城拉斯維加斯召開，會議枯燥乏味，讓人昏昏欲睡，但對代俊偉來說，卻是個難得能讓人靜心思考一下的機會。

他坐在台下，伴隨著臺上冗長的發言，思索搜尋引擎怎樣才能突破眼下的瓶頸，忽然，臺上發言者以他的論文被引用的次數來驗證自己觀點，代俊偉腦中靈光驀然閃現！

人們往往根據一篇論文被引用次數的多少來評價這篇論文是否權威，同理，如果應用到網頁檢索上，哪個網頁被連結的次數最多，是否就可以認定哪個網頁品質最高，人氣最旺？再如果加上相應的連結文字分析，就可以應用到搜索結果的排序上了。

突如其來的思路讓代俊偉興奮異常，他立即就這一理論進行論證並且整理成稿，於當年正式提出「超鏈分析」的概念，並發表了相關文文章。

一九九七年二月，他申請了專利——「超鏈分析技術」。這個技術的發

明，一改互聯網搜索雜亂無章、資訊冗餘的局面，使搜索效果大幅提升。

代俊偉給這個原理取了一個很人文的名字，叫「人氣質量定律」，也叫搜尋引擎的第二定律。此前利用檢索詞在一篇文章中出現的頻率多少進行網頁排序，被稱為第一定律。

然而代俊偉的專利技術在《華爾街日報》並沒有得到充分的重視，作為一家媒體，他們的資源更傾向於編輯和記者。超鏈分析技術受到了冷落，沒有展現應有的巨大價值。

後來在一次學術會議上，代俊偉請時任Infoseek的首席技術官威廉・張觀看超鏈分析的實際操作結果。

代俊偉輸入China Times，排在第一位的就是中國時報的網站，再搜ＩＢＭ，ＩＢＭ官方網站排在第一，這在以後看來是非常正常的搜索排序，在當時卻是想像不到的了不起的成就！

威廉・張驚呼：「太厲害了，任何一個流行的搜尋引擎都做不到你的搜尋引擎的智能！」

一九九七年，在《華爾街日報》看不到更大發展空間的代俊偉受到威廉・張的邀請，加盟矽谷Infoseek網路公司，Infoseek給代俊偉的待遇是巨額的年薪和比年薪多十幾倍的公司股票以及廣闊的前景，並且讓代俊偉繼續其在搜尋引擎方面的研究。

代俊偉看似在Infoseek公司不管是收入待遇還是受重視程度，都比以前更進了一步，但和互聯網大潮中湧現的財富神話相比，還是相差甚遠。他的超鏈技術是互聯網時代具有開創性的獨家技術，但和Hotmail或ＩＣＱ的發明者早已是億萬富翁相比，完全不在一個層次。

雖然受到妻子馬西捷的激勵，代俊偉仍然猶豫不決，到底是留在美國，還是回國創業。國內朝氣蓬勃的發展形勢讓他怦然心動，但國內缺少資金和氛圍優勢，網速以及硬體普及都不如美國。只是留在美國，也許不如回國更有長遠前景，而且他相信中國才有更適合他創業的土壤。

「代俊偉是個天才，不世天才。」商深感嘆一聲，目光中充滿嚮往之意，「如果他回國的話，我一定要認識他一下，向他致敬。他的搜尋引擎思路，就如神來之筆，點亮了整個互聯網的天空，讓人有一種眾裡尋他千百度，驀然回首，那人卻在燈火闌珊的豁然開朗的感覺。」

「沒錯，我也想認識代俊偉。」

馬化龍聽完代俊偉的故事，站了起來，來到窗前，凝望窗外凋零的樹

木，雖然此時還是嚴冬，但春天的腳步已經逼近，他心中湧動著激情。「落後了世界科技一百多年，終於在互聯網浪潮來臨之時，我們再一次站在了時代的前沿。」

王向西也是滿懷激情，從去年開始，到現在還不到一年的時間，他認識了太多同行者，有技術天才加商業頭腦的商深，有執著認真、熱衷於傳統零售的文盛西，也有天才般的程式師加低調沉穩，做事極有條理的歷隊，還有天馬行空、思維活躍的超級演講家馬朵，軟體天才張向西，第一程式師仇仲子，以及眾多業內如雷貫耳的名字閃爍在中國互聯網的天空，他相信，總有一天會更加星光燦爛，編織成中國互聯網璀璨的明天。

「我完全相信，經過九七年的積累和沉澱，九八年必定會是中國互聯網爆發的一年，希望我們都在今年大步前進，奠定未來十幾年中國互聯網的格局。」商深意氣風發，心潮澎湃，時代潮流不可抵擋，只有勇往直前，以壯志凌雲的士氣搏擊風浪，才會長風破浪會有時，直掛雲帆濟滄海，最終收穫山外青山的成功。

「時不我待，自信人生兩百年，會當水擊三千里。我們不是高瞻遠矚的政治家，但我們也有為國為民的雄心壯志，也有天下興亡匹夫有責的覺悟，更希望我們以後擁有達則兼濟天下的能力，以自己的微薄之力，推動中國互聯網的蓬勃發展。如果在許多年後，中國的互聯網成為世界互聯網的領先者，再如果其中有我們的一份力量，我想，我們會無比自豪我們今天的努力，並且無悔！」

商深的話，就如從遠及近的春雷，驚動了大地，也驚醒了每一個人心中的激情和夢想。就像一粒種子，種下了希望，埋下了未來，總有一天，會長成一片氣象萬千的森林。

「我也相信，也許不用多久，我們再回首想起今天的聚會，會有一種歷史的回顧感，才知道我們在一個風雲激蕩的年代風雲際會，是創造了歷史和奇蹟的一群人。」

歷隊沉寂半天，一直聆聽別人說話，從不插嘴，商深的話激起了他心中的豪情。

「說到風雲際會的話，應該還少了一些人，遠的就不說了，也許我們還不認識不知道他們的存在，不過眼下知道的就還有兩個……」

商深想起了兩個關鍵人物，他堅定地認為，他們二人在中國互聯網的浪潮中，是必不可少的兩個重要角色。

「誰？」崔涵薇笑了，「讓我先猜猜，你想說的兩個人，一個是馬朵，另一個是……」

「代俊偉。」

商深說出他的判斷，「不管是現實生活中還是互聯網上，檢索永遠是最需要的一項工作，在浩如煙海的圖書館查找藏書有多費力，我們都有過切身體會。互聯網既然要改變我們的生活狀態，讓我們的生活和工作更方便更快捷，那麼如何解決檢索問題就是頭等大事。互聯網比圖書館的資訊更龐大更浩瀚，怎樣快速地查到我們想要找的知識或是資訊，就是一個天才的程式師所要解決的問題。搜尋引擎的演算法和超連結技術，隨著互聯網的興起會越來越重要。現在網站還少，我們還不覺得搜索的重要性，等以後網站多如牛毛時，搜索的重要性有可能會上升到比門戶網站還要重要的地位。」

「搜索高於門戶網站？怎麼可能?!」

藍襪連連搖頭，她雖然不算是資深的IT從業者，也不是相關專業畢業，但對互聯網的瞭解自認不比在座各人差上多少，除了專業知識不如商深等人之外，「我認為未來是門戶網站的天下。」

「目前是門戶網站的天下，但並不一定表示門戶網站會一直獨佔鰲頭。」馬化龍不認同藍襪的說法，「每一代人的追求和想法都不一樣，我們七〇年代生的人，喜歡新聞和時事，八〇年代的年輕人，更喜歡娛樂和休閒，九〇年代的人喜歡什麼，現在還不清楚。互聯網時代是飛速發展的時代，變化很快。」

「好，現在我們不爭論未來，我們只做好現在。」崔涵薇不想讓藍襪和馬化龍無意義地爭論以後的趨勢，誰也不是預言家，無法設定未來，不如做好眼前的事比較實在。

「先這麼定了，施得電腦公司的未來發展方向已經確定了，企鵝電腦公司由於還沒有成立，暫時先不討論發展方向問題，小馬哥，你還有沒有資金缺口？」崔涵薇問。

馬化龍笑著擺了擺手：「暫時還不需要，因為一切還沒有準備就緒，我估計最快要到年底才能正式成立公司。到時如果需要的話，我再向你求助。」

「好，散會。」崔涵薇看了看手上的歐米茄手錶，已經臨近中午時分，「一起吃個午飯，繼續加深友誼，怎麼樣？」

馬化龍和王向西此來北京，是專程為商深而來，回程是今天晚上的飛機，午飯吃過正好去機場，也不誤點，就點頭同意了。

一行人下樓，也沒開車，就去了公司附近一家名叫「蜀道難」的火鍋店。正是冬天，火鍋店人滿為患，商深幾人才一進門就被服務員禮貌地擋住了。

「對不起，沒有位子了，需要排隊等號碼。」

商深一愣，不是吧，吃個飯還要排號，也太誇張了。轉身想走。

「算了，還要排隊等號，我最不喜歡的事情就是把時間浪費在吃飯上。我寧可不吃，也不會排隊等吃。」

「不走，為什麼要走？」崔涵薇衝服務員亮了亮手中的卡，「我是你們的白金會員，有優先權。」

服務員恭敬地接過崔涵薇的白金卡，點頭笑道：「好的，請您稍等。」

幾分鐘後，服務員回到櫃檯：「不好意思崔小姐，真不巧，為貴賓預留的房間，今天全部訂光了。」

「不是吧，怎麼這麼巧？」

崔涵薇的白金會員卡是最高級別的貴賓卡，每家店的白金會員不會超過十個，不管任何時候，店家都會預留兩個白金貴賓房間以備不時之需，通常情況下，預留的白金貴賓房不會同時訂出。

畢竟擁有白金會員卡的客人都是有身分有地位的人物，所以在正常情況下，預留兩間貴賓房間足夠了。偏偏今天事有湊巧，都預訂出去了。

「真不好意思，為了表達我們的歉意，我們免費贈送您兩百元的禮券。」服務員一臉歉意地遞上了禮券。

按說兩百元的禮券也是一筆不小的數目，不過對崔涵薇來說，卻不會放在眼裡。她沒有接下禮券，表情微露高傲之色：「補償就算了，既然沒有位子，就不勉強了，我們去別家。」

「如果您願意的話，也可以排號等候。」

服務員見多了形形色色持白金會員卡的貴賓，這些有錢的客人通常一聽到沒有位子後，要麼趾高氣揚地呵斥服務員，要麼就是叫囂要退卡，動不動要求讓經理出來解釋，他還是第一次見到像崔涵薇一樣好說話的客人，暗中為崔涵薇打了高分，真正的有錢人不但要有錢，還要有涵養。

「排號就算了，」徐一莫伸手從服務員手中奪過禮券，「既然是人家一番真心，就必須收下，走，我知道有一個地方不錯，而且肯定不用排隊。也不遠，走路過去頂多十分鐘。」

「好吧。」崔涵薇同意了，徵求商深的意見，「你說呢？」

聰明的女孩總會在人前給足自己在意的男人面子，商深豈能不知崔涵薇的心思，點頭說道：「除了我之外，小馬哥、歷隊都是可以影響中國互聯網格局的大人物，每分鐘都要處理許多大事，時間寶貴到要用分秒計算，哪裡有時間排隊吃飯。就和比爾・蓋茲一樣，他去路邊撿錢所浪費的時間如果用來工作，會賺得更多。」

馬化龍哈哈大笑：「我們現在還很弱小，別說和比爾・蓋茲比了，就是和張向西、王陽朝比也差很遠，更不用說代俊偉了。代俊偉在美國的年薪，我估計最少一年兩百萬人民幣以上，相當於一家小型公司的年產值了。我和向西現在想融資兩百萬都辦不到呢。」

幾人大笑，笑聲中，以商深為中心，轉身就走。

商深走在中間，前面是崔涵薇、徐一莫、藍襪和衛辛，後面是馬化龍、王向西、歷隊、文盛西，一行九人才一邁步，迎面走來一群人。

對方六個人，雖然人數上不如商深一方多，但走路時的氣勢和霸道之氣，卻比商深一方威風多了。崔涵薇和徐一莫走在最前面，二人正埋頭說話，絲毫沒有留意迎面走來了一隊人，甚至沒有多看對方幾眼。

和對方擦肩而過的時候，走在最前面的兩個人目光落在崔涵薇、徐一莫、藍襪和衛辛身上，被四個女孩各具風韻的美貌吸引了，眼睛如電光一樣在幾人的身上掃來掃去。

才看了幾眼，最前面的一人愣住了，一雙小眼放出精光，在崔涵薇和徐一莫的身上停留了幾秒之後，流露出一絲耐人尋味的驚喜。

崔涵薇平常被欣賞慣了，通常不會對別人的目光有所回應，而是視而不見，不過今天有些例外，因為她眼角餘光一掃，發現對方有幾分面熟。說是有幾分面熟，是因為雖然她只見過對方一次，卻深深地記住了對方的長相，是對方給她留下了無法抹滅的印象——壞印象。

不是別人，正是朱石！

其實如果說到崔涵薇最討厭的人，不是對外宣稱她是他女朋友的祖縱，祖縱雖然壞，是壞在明處，不會在背後下絆子；也不是糾纏她的葉十三，葉十三雖然糾纏她，卻是光明正大的示愛，她最討厭的，是只見過一面的黃廣寬和朱石。

黃廣寬和朱石之所以讓她無比厭惡，是因為黃廣寬做事陰險而無恥，而朱石為人委瑣齷齪，是她生平所見過最下流的男人，她一輩子都不想再見到

兩人，沒想到居然在北京的街頭不期而遇。

遇上也就算了，偏偏朱石在認出她後，就站住了。朱石色膽包天，竟然朝崔涵薇吹了聲口哨，然後以無比挑釁加輕蔑的口氣道：「喲，原來是崔大小姐，還真是人生無處不相逢，我還以為我們很難再見面了，想不到真是有緣，這麼快就又見面了，簡直太神奇，太不可思議了。」一邊說，一邊朝前湊了過來，竟伸出手朝崔涵薇的臉上摸去。

商深個性穩重，輕易不會失態，即使是在深圳被范長天和許施欺淩，被黃廣寬幾人設局要對崔涵薇不利，他都保持足夠的冷靜和理智，沒有動手，而是採取智取的手法。但今天不同，本來今天商深心情很好，和馬化龍、文盛西、歷隊幾人談得很開心，雖然剛才吃飯時遇到了點兒小插曲，也並沒有影響到他的心情。萬萬沒想到冷不防跳出一個不長眼的人。

就似吃飯時吃到一隻蒼蠅一樣，商深頓時勃然大怒，再也克制不住心中的怒火。不等別人有所反應，一個箭步衝了過去，揚手一個耳光打在朱石的臉上，隨後一提膝蓋，雙手用力一拉朱石的肩膀，朱石受力之下，被商深帶動朝下一撲，臉就和商深的膝蓋來了一次親密接觸。

「哎呀！」

「媽呀！」

第一聲是朱石被商深打臉的驚叫，第二聲是他被商深的膝蓋撞擊臉部的痛呼。

商深由於過於痛恨朱石，下手絲毫沒有留情，使出了全身的力氣，直撞得朱石滿臉開花，鼻血橫飛。

「我X，敢打我，我弄死你！」

朱石只覺得痛不可忍，眼冒金星，自從上次在深圳機場被范衛衛的保鏢痛打一頓後，他還沒有吃過這麼大的虧，不對，應該說長這麼大還沒有吃過這麼大的虧，心中的怒火就如洶湧的大海一樣驚濤駭浪，一下跳了起來，飛起一腳就朝商深當胸踢來。商深早有防備，才不會讓朱石踢中，他閃到一邊，也飛起一腳朝朱石踢去。

論打架，商深雖然不是壞孩子，也打架無數次，積累了豐富的打架經驗，而朱石長得瘦弱不說，打架指數只有可憐的五十分。和商深相比，差了不只一個等級。

朱石一腳沒有踢中商深，身子一側，力道用盡，想要轉身躲開已經來不及了，商深一腳飛來，正中他的大腿，只感覺一股大力傳來，隨後一陣巨痛，身子朝右側一晃，就如風中落葉一樣，撲通一聲摔出了三米開外。

請續看《當代商神》5　商戰天下

當代商神 4 一代梟雄

作者：何常在
發行人：陳曉林
出版所：風雲時代出版股份有限公司
地址：10576台北市民生東路五段178號7樓之3
電話：(02) 2756-0949
傳真：(02) 2765-3799
執行主編：朱墨菲
美術設計：吳宗潔
行銷企劃：林安莉
業務總監：張瑋鳳

初版日期：2018年9月
版權授權：閱文集團
ISBN：978-986-352-618-6

風雲書網：http://www.eastbooks.com.tw
官方部落格：http://eastbooks.pixnet.net/blog
Facebook：http://www.facebook.com/h7560949
E-mail：h7560949@ms15.hinet.net
劃撥帳號：12043291
戶名：風雲時代出版股份有限公司

風雲發行所：33373桃園市龜山區公西村2鄰復興街304巷96號
電話：(03) 318-1378
傳真：(03) 318-1378
法律顧問：永然法律事務所 李永然律師
北辰著作權事務所 蕭雄淋律師

行政院新聞局局版台業字第3595號 營利事業統一編號22759935

定價：280元　特惠價：199元

國家圖書館出版品預行編目資料

當代商神 / 何常在著. -- 初版. -- 臺北市：風雲時代,
2018.07-　冊；　公分

ISBN 978-986-352-618-6（第4冊；平裝）

857.7　107007803